ÜBERRASCH MICH, COWBOY

MICH, COWBOY

Texas Matchmakers Serie, Buch Zehn

DEBRA CLOPTON

Überrasch mich, Cowboy

TEXAS MATCHMAKERS SERIE: Aus der Feder der preisgekrönten Autorin Debra Clopton stammt die Texas Matchmakers-Serie – über drei ältere Frauen, die eine landesweit beworbene „Ehefrauen-gesucht-Kampagne" gestartet haben, um heiratswillige Frauen in ihre kleine Stadt Mule Hollow zu bringen, die dann im Idealfall die einsamen Cowboys heiraten. Eine weit hergeholte Idee, die jedoch funktioniert – passt auf, Jungs, die Frauen kommen ein Auto nach dem anderen!

Die Boutiquebesitzerin Ashby Templeton hat so manches Hochzeitskleid für die Bräute von Mule Hollow, Texas, verkauft. Doch auch sie sehnt sich nach Liebe und einer eigenen Familie und hofft, eines Tages ein Hochzeitskleid für sich selbst zu brauchen. Das Problem ist nur, dass der einzige Mann in der Stadt, der Interesse an ihr zeigt, der leichtlebige Flirter vom Dienst des Ortes ist ... und das ist so gar nicht die Art von Mann, die sie sucht. Der Cowboy mag zwar gut aussehen, doch sie sucht nicht nach einem Mann, an dem sie sich die Finger verbrennen könnte, sondern nach einer Liebe, die ein Leben lang brennt.

Cowboy Dan Dawsons Vergangenheit und seine Mutter haben ihn gelehrt, oft zu lächeln, denn es könnte ein Leben verändern ... oder zumindest jemandem helfen, sich ein bisschen zu entspannen. Und wenn jemand in der Stadt sich entspannen muss, dann die verkrampfte Ashby. Doch sie interessiert sich offensichtlich nicht für irgendetwas, das er zu bieten hat ... gut, dass seine Vergangenheit ihn auch gelehrt hat, dass es sich lohnt, für etwas zu arbeiten, das man wirklich will.

KAPITEL EINS

„Komm schon, Ash, setz dich einfach hier drauf, und wir machen uns auf den Weg." Dan Dawson tätschelte den Lenker, schenkte ihr sein hypnotisierendes Lächeln und erwartete, dass das reichen würde.

Ashby Templeton starrte über das jetzt staubige Fahrrad den zu gutaussehenden Cowboy an und fragte sich, welche schreckliche, schreckliche Tat sie begangen hatte, um diese Art von Bestrafung zu verdienen.

Der Cowboy erwartete, dass sie es tun würde, nur weil er sie mit einem Lächeln fragte!

Mit verschränkten Armen blieb sie stehen. Trotz der Macht dieses Lächelns würde sie nicht da hinaufklettern, um unsicher zu schwanken, während er das Fahrrad fuhr. Es hatte nichts mit schwierig sein zu tun. Es hatte mit Können zu tun. Sie *konnte* es einfach nicht tun.

Dan war es viel zu sehr gewohnt, sich mit diesen nachtblauen Augen durchzusetzen, und blinzelte sie erneut an, während er zum wiederholten Mal auf die Stange klopfte. „Wir verlieren, Ash. Warum hast du dich für das Rennen angemeldet, wenn du nicht vorhattest, mitzumachen?"

Sie war auch nicht bereit, darauf zu antworten. Mehr als ein ausdrucksloses Starren hatte sie nicht als Verteidigung gegen das zu selbstbewusste Lächeln dieses Mannes. Gefährlich, und jeder konnte es sehen. Trotzdem blieb sie stur.

„Es soll ein lustiges Rennen werden, das wir als Team angehen sollten", fuhr er fort. „Das heißt, einer von uns muss sich fahren lassen, und der andere muss in die Pedale treten. Komm, steig auf, und wir können immer noch eine gute Platzierung abräumen. Hast du nie *Butch Cassidy und das Sundance Kid* gesehen?"

Ashby spürte den Stich der Demütigung, als sie die Straße entlang von ihm weg ging und sich wünschte, sie hätte eine normale Kindheit gehabt. Dieses … dieses *Fiasko* war die Schuld ihrer blaublütigen Mutter.

Ashby konnte Dan Dawson kaum sagen, dass in ihrer Welt das Wissen, wie man eine Dinnerparty veranstaltet, als „wesentliche" Information betrachtet wurde. Fahrradfahren war jedoch etwas, das der Gärtner tat, um zur Arbeit zu kommen. Sie musste jedoch irgendetwas sagen. Sie wirbelte zu ihm herum, begegnete seinem Blick und wusste, dass sie lieber barfuß und blutend über die Ziellinie humpeln würde, als die Wahrheit zuzugeben.

Eine geringfügige Übertreibung, doch sie konnte es ihm trotzdem nicht sagen. Er hob eine Braue und wartete auf ihre Antwort, doch sie fühlte sich nur noch mehr gedemütigt.

„Wenn wir überhaupt ins Ziel kommen wollen, sollten wir besser aufhören zu reden und uns bewegen", schnaubte sie. „Ich habe dir schon im Ort gesagt, dass ich zu Fuß gehen werde. Zusammen zu *gehen* ist auch eine Teamleistung." Sie ging weiter.

Nachdem Ashby fünf Meter weiter kein Geräusch hinter sich hörte, konnte sie nur annehmen, dass er mitten auf der Straße stand und sie beobachtete und darauf wartete, dass sie klein beigab.

„Das ist einfach lächerlich", murmelte er schließlich und fuhr innerhalb von Sekunden neben ihr her. „Was ist schon dabei? Die anderen Mädels sind auch keine Spielverderber und setzen sich auf den Lenker. Das ist der Grund, warum uns alle anderen im Staub stehen gelassen haben, als Applegate den Startschuss abgefeuert hat. Deshalb haben alle gelacht, als du hinter ihnen her getrabt bist."

„Ich bin nicht getrabt."

Sie hatte ein schlechtes Gewissen wegen all dieser Dinge, doch es war wirklich nicht nötig, gemein zu werden. Es war nicht ihre Schuld, dass sie einfach nicht mehr tun konnte. Wie sollte sie ihm sagen, dass sie nicht Fahrrad fahren konnte? Wie sollte sie zugeben, dass der bloße Gedanke, auf ein Fahrrad zu steigen, sie so nervös machte, dass ihr schwindelig wurde? Sie sah ihn aus ihrer peripheren Sicht an und ging schneller.

Getrabt, wie lächerlich!

Er drehte das Fahrrad vor ihr um und kam wie ein kreisender Geier auf sie zu.

„Also warum *hast* du dich angemeldet?" Er fing ihren Blick ein, als er vorbeifuhr. „Das sollte ein Junge-trifft-Mädchen-Ding sein, und im Idealfall Mädchen-trifft-Mann-ihrer-Träume. Zumindest dachte ich das."

„Mann-ihrer-Träume – Mann, das ist wohl schief gegangen", knurrte Ashby leise.

„Was war das?"

Er fuhr einen Kreis um sie, streckte die Beine aus und zeigte mit den Stiefelspitzen gen Himmel. Dieser Cowboy nahm an einem Radrennen teil und trug Jeans, Stiefel und einen Stetson! Und wenn sie von all dem nicht so genervt gewesen wäre, hätte sie sagen können, dass es ein bisschen niedlich war. Einige der anderen

Cowboys hatten auf ihre übliche Uniform verzichtet und stattdessen Shorts angezogen. Ihre Beine waren so weiß wie das seidene Hochzeitskleid, das im Fenster ihrer Boutique hing. Trotzdem war ihre Kleidung wahrscheinlich viel bequemer als die von Dan, obwohl er bisher nicht ins Schwitzen gekommen war. Anders als sie ... Es war einfach nicht fair, egal, wie man es betrachtete.

Sie strich eine eigensinnige Haarsträhne von ihrer feuchten Wange und konzentrierte sich auf das, was sie wirklich störte.

Der Schwindel.

„Komm schon, Ash, spuck es aus. Warum hast du dich angemeldet?"

„Ich habe mich *nicht* angemeldet", zischte sie und bereute es in dem Moment, in dem ihr die Worte über die Lippen kamen.

„Ha! Ich hatte Recht." Er drehte den Lenker und fuhr wieder in ihre Richtung zurück. „Als die Ladys bekanntgegeben haben, dass sie das Paar-Radrennen in das Programm des Frühlingsfests aufnehmen würden, habe ich allen Jungs gesagt, dass du dich auf keinen Fall dafür anmelden würdest. Natürlich waren alle derselben Meinung."

„*Was?*"

Jetzt war es an Ashby, sich umzudrehen, um ihn

anzustarren, als er die Schleife hinter ihr fuhr. Die Welt drehte sich, als wäre sie betrunken, doch sie holte tief Luft, um sich zu beruhigen, während er fortfuhr, als hätte er nicht bemerkt, wie empört sie war.

„Ja. Stell dir unsere Überraschung vor, als du da rausgegangen und in die Aufstellung gekommen bist."

Angesichts Dans entmutigender Enthüllung verknotete sich ihr Magen. *Die Cowboys hatten nicht gedacht, dass sie teilnehmen würde.* Sie alle hatten automatisch angenommen, dass sie es nicht tun würde.

Wie konnten sie so etwas annehmen? Sie war vor fast einem Jahr nach Mule Hollow gezogen, um einen Ehemann zu finden. Es war zwar nicht so, als würde sie es von den Dächern schreien. Doch dies war ein Ort, der Frauen für all die Junggesellen suchte, also hatte sie natürlich erwartet, dass die Cowboys wussten, dass jedes Mädchen, das hierher zog, sich Hoffnungen auf eine Heirat machte.

Sie schluckte und kämpfte darum, ihre Miene neutral zu halten. Sie wollte Dan Dawson nicht die Befriedigung geben zu wissen, wie tief diese Bemerkung sie verletzte. Es gab absolut niemanden, der sich ein Baby mehr wünschte als sie. Eine Familie, die sie großziehen und lieben könnte. Eine Familie, die zusammen picknicken würde und keine Angst hätte, im Gras herumzurollen, wenn ihnen danach war. Eine

Familie, die lernen würde, gemeinsam Fahrrad zu fahren… jeder einzelne von ihnen. Bevor sie mit ihren Kindern Fahrrad fahren konnte, musste sie es natürlich erst selbst lernen.

Ashby atmete durch die Nase und versuchte, ihre Kontrolle wiederzuerlangen. Doch es war schwer, da sie nur daran denken konnte, dass sie fast dreißig Jahre alt war. *Dreißig.* Das bedeutete, dass ihre biologische Uhr auf einem beschleunigten Zeitplan tickte und die Aussichten auf die Familie, die sie so sehr wollte, nicht gut standen.

Wie sollte ein Mädchen heiraten und Babys bekommen, wenn die Cowboys von Mule Hollow sie nicht einmal auf ein Date einladen wollten?

Außer *ihm*, Dan Dawson ... ein berüchtigter Flirter, der mit allen ausging. Ihre „Freundinnen" beliebten definitiv zu scherzen. Wie waren sie darauf gekommen, sie als seine Partnerin einzuteilen? Es ergab einfach keinen Sinn. Sie wussten, wie sehr sie sich eine Familie wünschte.

Schweiß lief ihr über das Gesicht, und sie strich erneut Haare von ihrer klebrigen Haut. Ihre Stimmung sank weiter, als sie Dan wieder an sich vorbeigleiten sah.

Er ließ es so einfach aussehen.

Das Fahrradfahren. Als er ein Stück vor ihr war,

ließ er den Lenker los und radelte mühelos den gelben Streifen entlang – ohne Hände.

Ashby ging schneller. Sie hätte joggen können, wenn da nicht dieser Schwindel gewesen wäre und die Blase, die an ihrer Ferse wuchs. Und ja, sie war noch nie eine große Athletin gewesen. Ihre Mutter hatte es in Ashbys Kindheit nicht gefördert. Sie hatte den größten Teil ihrer Kindertage in pastellfarbenen Kleidern mit Rüschen verbracht und eine endlose Veranstaltung nach der anderen abgesessen. Ashby hatte gelernt, ihr blaues Blut zu hassen, lange bevor sie überhaupt gewusst hatte, was es bedeutete. Sie hatte bis heute tatsächlich vergessen, dass es einmal eine Zeit gegeben hatte, in der sie sich wirklich gewünscht hatte, Fahrradfahren zu lernen.

Dan kreiste zurück, und ein Bild von ihr als Kind, das die Hand ihres Kindermädchens im Golden Gate Park hielt und andere vorbeifahrende Kinder beobachtete, tauchte in ihrer Erinnerung auf. Sie in ihren Rüschen und Lack-Mary Janes.

„Weißt du, Ashby, ich könnte dir helfen."

Sie blinzelte heftig und konzentrierte sich auf das rote Band in der Ferne, das den Weg zurück in Richtung Stadt und die Ziellinie dieses fünf Meilen langen Alptraums wies.

„Ich habe fast Angst zu fragen, was du meinst",

sagte sie. Wie lange waren sie schon hier draußen? Sie sah auf die Uhr – etwas mehr als eine Stunde! Es fühlte sich an wie Tage.

„Ich meine, ich könnte dir helfen, einen Ehemann zu finden."

Sie wäre fast gestolpert. „Wie bitte?" Konnte dieser Tag noch schlimmer werden?

„Hey, ich kann gut Leute lesen. Ich sehe meistens, was jemand braucht."

Sie warf ihm einen bösen Blick zu und schloss ihren Mund. Warum konnte sich nicht vor ihr ein Loch auftun und sie verschlingen?

Er zuckte mit den Schultern. „Ich weiß, was dein Problem ist."

Das überraschte sie. „Mein Problem?", fragte sie mit zusammengebissenen Zähne.

Er grinste und zwinkerte dann.

Dan Dawson und Zwinkern waren eine tödliche Kombination. Er sah schon besser aus, als jeder Mann aussehen sollte. Fügte man dann noch ein Augenzwinkern hinzu ... Ashby war vielleicht immun gegen Dans oberflächlichen Charme, doch sie war nicht tot.

Sie holte ein paarmal tief Luft, als er langsam neben ihr her rollte.

„Ash, du weißt, wovon ich rede. Ich versuche seit einem Jahr, dir zu helfen. Doch wie soll ich das tun, wenn du dich immer wieder weigerst, mit mir auszugehen? Du solltest mir Punkte für Ausdauer geben."

„Wohl kaum. Außerdem, wie soll mit dir auszugehen mir helfen? Ich suche einen Mann zum Heiraten." *Mit dir auszugehen wäre reine Verschwendung von Zeit, die ich nicht habe*, hätte sie fast gesagt, doch das klang zu hart. Stattdessen ging sie diplomatischer vor. „Wir wissen beide, dass du das nicht bist."

„Aber es würde Spaß machen."

„Und das ist mein Punkt", schnaubte sie und blieb stehen. „Warum sollte ich mit dir ausgehen wollen, nur um Spaß zu haben?"

Er blieb stehen. „Siehst du, genau das. Genau das meine ich."

Sie verstand diesen Mann nicht.

„Du musst dich locker machen, Ash. Lebe ein bisschen! Du wirst nie ein Date bekommen, wenn du das nicht tust. Selbst ein einsamer Cowboy ist nicht verzweifelt genug, um ein Mädchen zu heiraten, das so verkrampft ist, dass es keinen Spaß haben kann."

„Ich ..." Ashby schluckte und zwang sich, seinem

Blick standzuhalten. „Ich kann Spaß haben."

Er klopfte auf den Lenker und forderte sie heraus. „Zeig's mir."

„Nein." Sie weigerte sich, sich zu etwas provozieren zu lassen, das sie bereuen würde. Wenn sie flach auf ihr Gesicht fiele, würde das ihrer offensichtlich gut dokumentierten Liste von Mängeln nur den Mangel an Balance hinzufügen.

Auf keinen Fall. Sie ging weiter. Genau genommen stakste sie. Staksen war nicht gut. Es machte ihr viel bewusster, wie sehr ihre Füße schmerzten. Sie musste sich bemühen, nicht zu hinken, und wollte lieber erst gar nicht über die Größe der Blase nachdenken, die in ihrem Schuh wuchs …

Zu ihrer Überraschung sprang Dan vom Fahrrad und schob es zwischen ihnen her. „Du bist ein Rätsel, Ashby Templeton. Ja, in der Tat ein echtes Rätsel."

Ashby hob ihr Kinn und schluckte den Köder nicht. „Wird es da oben einsam?"

Sie sah ihn an. „Wo oben?"

„Auf dem hohen Ross, auf dem du reitest."

„Ich reite ni–" Sie starrte ihn an.

„Hat keinen Sinn, es zu leugnen." Er griff über das Fahrrad und zupfte eine nasse Haarsträhne von ihrer Wange. Zu Ashbys Entsetzen begann ihr Puls zu rasen.

Sie wich von ihm und den schlechten Entscheidungen, die er repräsentierte, zurück. Ihre Ablehnungen, weil sie nicht „gut genug" war, schmerzten immer noch, doch sie hatte eine große Schwäche für schlechte Entscheidungen. Brad. Carlton. Steven ... Sie war solch ein Idiot gewesen. So viele Jahre verschwendet. Aber nicht mehr.

„Schau", sagte sie und starrte Dan an. „Ich habe kein Problem damit, wenn du auf dieses Fahrrad springst und in den Sonnenuntergang fährst. Genau genommen würde ich es begrüßen." *Ja, würde sie.*

„Nein, das wäre nicht richtig. Wenn du darauf bestehen willst, zu Fuß zu gehen, dann gehe ich auch."

Ashby konzentrierte ihre Gedanken auf ihre Freundinnen. Freundinnen, die besser in die andere Richtung rennen sollten, wenn sie sie kommen sahen. Sie war vielleicht als Lady erzogen worden: ruhig, vernünftig und beherrscht – doch selbst die Belastbarkeit einer Lady hatte ihre Grenzen.

KAPITEL ZWEI

Dan hatte noch nie eine sturere Frau getroffen. Ashby schlug jede Konkurrenz, ohne jeden Zweifel.

Er warf ihr einen Blick zu. Es war offensichtlich, dass ihre Füße sie umbrachten. Sie ging immer langsamer, und wenn sie dachte, er würde nicht zusehen, hinkte sie mit dem rechten Fuß. Verrücktes Weibsbild.

Warum schwang sie sich nicht endlich aufs Fahrrad und ließ ihn die Arbeit machen? Er wollte sie anschreien, was das Problem war.

Er holte tief Luft. Die Frau hatte ein Talent, ihm unter die Haut zu gehen, und das vom ersten Tag an, als sie einander kennengelernt hatten. Er konnte an seinem linken Daumen die Anzahl der Frauen zählen, die jemals ein Date mit ihm abgelehnt hatten. Diese eine

Frau hinkte gerade stur neben ihm her.

„Schau, ich weiß, dass deine Füße dich umbringen.”

Sie warf ihm einen vernichtenden Blick zu, der sein Blut erwärmte. Er blieb stehen und sah zu, wie sie den Abstand zwischen ihnen vergrößerte. Ja, Sir, da ging sie mit ihren perfekt geschnittenen Haaren, die bei jedem Schritt, den sie machte, perfekt mitschwangen. Alles an ihr war perfekt.

Doch genau das war ihr Problem. Sie war einfach zu perfekt.

Hielt sie sich wirklich für zu gut, um auf dem Lenker seines Fahrrads zu sitzen? Als er sich angemeldet hatte, hatte er erwartet, ein begeistertes Mädchen als Partnerin zu bekommen und einen angenehmen Nachmittag mit ihr zu verbringen. Junge, wie hatte er sich geirrt.

Konnte Ashby das Potenzial des ganzen Spiels nicht sehen?

Er stand in der Mitte der geteerten Straße, genau auf halber Strecke, und beobachtete ihren Kampf.

Es ergab einfach keinen Sinn. Nichts davon. Nicht das Hinken oder die Weigerung, auf das verflixte Fahrrad zu steigen. Er sollte sie über seine Schulter werfen und sie strampelnd und schreiend in die Stadt bringen. Doch so etwas tat er nicht. Er ließ den Kopf hängen und versuchte, eine neue Strategie zu entwickeln. Eine, bei der es nicht nötig war, die Beherrschung zu verlieren, da er sich nicht erlaubte, jemals die Beherrschung zu verlieren. Besonders bei einer Frau. Er weigerte sich, in die Fußstapfen seines Vaters zu treten.

Doch diese Frau fügte sich ohne guten Grund Leid zu.

Es hätte ihn nicht überraschen sollen. Sie war von dem Moment an, als sie zum ersten Mal in Mule Hollow aufgetaucht war, Miss Etepetete gewesen. Mehr als perfekt, wie ein geairbrushtes Covergirl. Die meisten Cowboys in der Stadt hatten sie einmal angesehen und waren zu dem Schluss gekommen, dass sie in einer anderen Liga spielte.

Dan, dem noch niemand einen Mangel an Selbstvertrauen vorgeworfen hatte, hatte geglaubt, er könnte ihr einen Gefallen tun und das Eis brechen, also hatte er sie zu einem Date eingeladen. Vielleicht würden die anderen Cowboys so sehen, dass sie nicht unnahbar war.

Er hatte nur versucht, ihr zu helfen.

Man stelle sich seine Überraschung vor, als die Frau ihm einen Korb gab! Ein schlichtes „Nein", dann war sie mit hohen Absätzen auf dem holzbeplankten Bürgersteig von dannen geklappert.

Das Schlimmste an diesem Szenario war, dass es vor Sam's Diner passiert war und eine Horde Cowboys von drinnen aus zugesehen hatte. Die bloße Idee, dass sie sich geweigert hatte, mit ihm auszugehen, war eine Herausforderung für Dan gewesen. Er hatte sich in diesem Moment entschieden, dass er ein Date mit ihr bekommen würde, und wenn es ein Jahr dauern sollte. Es war Prinzipsache.

Das war natürlich gewesen, bevor er die Konsequenzen ihrer Interaktion erkannt hatte.

Sie wusste es nicht, doch sie hatte ihr Schicksal an diesem Tag besiegelt. Der Versuch, sie so öffentlich zu fragen, war ziemlich nach hinten losgegangen. Dan war aufgezogen und ohne Ende gehänselt worden, wegen der brutalen Art, wie sie ihn abgeschossen hatte. Er konnte sich in Selbstmitleid suhlen, doch ein bisschen Necken hatte noch niemandem wehgetan. Andererseits vermutete er, dass Ashby nicht genauso denken würde. Diese Frau spielte nicht, wenn es ums Daten ging. Ihr ging es darum, einen Ehemann zu finden. Sie hatte keine Ahnung, dass sie wegen dessen, was an jenem Tag vor Sam's passiert war, hier in Mule Hollow keine Chance haben würde, jemals einen Mann zu finden, es sei denn, es geschah etwas Drastisches.

Für die Jungs war alles natürlich nur harmloses Scherzen.

ÜBERRASCH MICH, COWBOY

Wenn ihre Reaktion gerade ein Hinweis war, würde sie explodieren, wenn sie wüsste, was sie über sie sagten. Dan fühlte sich wegen der ganzen Sache wirklich schuldig. Er hatte gedacht, sie öffentlich zu fragen, würde das Eis brechen und nicht ihre Chancen ganz verderben.

Für jemanden wie ihn, der von Natur aus dazu getrieben war, alles und jeden reparieren zu wollen, war das schwer zu bewältigen. Als Junge, dessen früheste Erinnerungen von seiner Mutter waren, die von seinem Vater verprügelt wurde, war das Bedürfnis, Situationen retten zu wollen, in seine Persönlichkeit eingebrannt. Seine Herangehensweise an Probleme war ein Talent, auf das er einige Jahre später zufällig gestoßen war, als er mit seiner Mutter in einem Frauenhaus gelebt hatte. Voller Bewohnerinnen, die, wie seine Mutter, ihr Selbstvertrauen wieder aufbauen mussten.

Er hatte gelernt, dass Frauen lächelten, wenn er lächelte.

Es war zum ersten Mal passiert, als er versuchte, seine Mutter aufzuheitern, und er sah, dass sein Lächeln ihre Miene aufhellte. Aber als er gesehen hatte, wie sein Lächeln eine junge Frau mit einem blauen Auge und einer geschwollenen Lippe dazu brachte, ihn anzulächeln, war sogar einem sechsjährigen Kind klar geworden, dass ein kleiner Zauber das Leben eines

Menschen verändern konnte. Sei es manchmal auch nur für einen Moment.

Dan war mit einem ausgelassenen Herzen gesegnet worden, und Gott hatte ihn in jungen Jahren einen ganz eigenen Weg geschickt, dem er bis ins Erwachsenenalter gefolgt war. Die Situation mit Ashby war jedoch ein bisschen anders.

Er konnte es sich selbst nicht erklären, doch er hatte unwissentlich dafür gesorgt, dass sie einen schlechten Ruf bekam, und er hatte das Bedürfnis, das zu reparieren.

Er hatte versucht, den Jungs zu erzählen, dass sie einen schlechten Tag gehabt hatte, doch es hatte sie nicht überzeugt. Also dachte er, wenn sie mit ihm ausgehen würde, wie er es ursprünglich geplant hatte, würde das die Meinung der anderen Cowboys über sie ändern.

Doch so leicht war das nicht. Sie kooperierte aus irgendeinem Grund nicht. Trotzdem hatten sie in den Monaten der fortgesetzten Ablehnung tatsächlich eine Art Beziehung aufgebaut, die auf humorvollem Geplänkel beruhte – Geplänkel, das er die meiste Zeit als unterhaltsam empfand. Doch heute nicht.

Heute würde sie den Ruf, den sie hatte, nur weiter festigen, und so sehr er sich auch bemühte, es gab nichts, was er tun konnte.

Kopfschüttelnd schob er das Fahrrad weiter. Sie hatte keine Ahnung, dass dieses Rennen ihr Schicksal für immer besiegeln konnte.

Wenn sie sich nicht änderte, würde Ashby Templeton hier in Mule Hollow als alte Jungfer sterben, umgeben von Cowboys, die fleißig nach Frauen suchten. Und sie würde nicht einmal wissen warum.

Am Freitag betrat Ashby den *Heavenly Inspirations* Salon und wusste, dass sich etwas ändern musste. Sie wusste nur nicht was.

War *sie* der Grund für ihr nicht existentes Liebesleben?

Sie hatte ihren Freundinnen immer noch nicht ganz vergeben, dass sie sie vor zwei Wochen zu diesem schrecklichen Radrennen mit Dan Dawson genötigt hatten. Was hatten sie sich nur dabei gedacht? Er würde als einer der schlimmsten Tage ihres Lebens in die Geschichte eingehen. Ehrlich gesagt wussten sie, dass er ihr auf die Nerven ging. Dass sie sich im vergangenen Jahr mehrmals geweigert hatte, mit ihm auszugehen. Warum hatten sie es getan?

Sie hatte sich einzureden versucht, dass sie mit den besten Absichten gehandelt hatten, so falsch sie auch sein mochten. Dennoch, als sie den Salon betrat, konnte sie nur den Kopf schütteln, dass sie sie mit Dan Dawson verkuppeln wollten, um ihr zu helfen, einen Ehemann zu finden. Sie mussten sie wirklich für einen hoffnungslosen Fall halten.

Lacy hatte ein Treffen der Damen des Ortes einberufen, um Pläne zu besprechen, mehr Besucher in die Stadt zu locken.

„Hallo allerseits", sagte Ashby und sah sich kurz um.

Die Kupplerinnen waren alle anwesend. Norma Sue Jenkins, robust und gutherzig, grinste sie an, von dort, wo sie und die rothaarige Esther Mae Wilcox in der Ecke Erbsen schälten. Adela, eine weitere der Kupplerinnen, saß am Maniküretisch und sah zu, wie Sheri, Mitinhaberin des Salons, ihre Zehennägel lackierte. Es war Adela gewesen, die auf die Idee gekommen war, das sterbende Nest in einen Ort zu verwandeln, der eine Generation jüngerer Frauen anziehen und hoffentlich halten würde. Sie hatten die Anzeigenkampagne „Frauen gesucht" gestartet und waren seitdem mit Kuppeln beschäftigt.

Lacy war die Erste gewesen, die gekommen war, und sie hatte ihren Salon geöffnet; andere folgten bald. Noch mehr kamen zu den Festivals und Wochenendveranstaltungen, die sie organisierten, und mischten sich dort unter die Cowboys. Das Radrennen war ein typisches Beispiel für ihre Ideen. Heute fühlte Ashby sich, als hätte sie Blei im Magen, als sie sich fragte, welche neue Idee sie ausbrüteten.

„Hey, Ashby, du siehst *nicht* gut aus", sagte Lacy, die auf dem Waschbecken-Stuhl saß und in einem Katalog mit Salonbedarf blätterte.

„Definitiv nicht", stimmte Sheri zu.

Der Raum wurde still, als alle innehielten und sie anstarrten.

„Mir geht's gut", sagte Ashby und setzte sich auf den Stuhl neben der Tür.

„Du bist doch nicht immer noch verärgert wegen des Frühlingsfests, oder?", fragte Esther Mae. „Ich kann einfach nicht fassen, dass du dich nicht von diesem süßen Dan mit dem Fahrrad hast fahren lassen. Das war die Idee hinter dem Rennen. Mein Hank und ich haben es geliebt, so herumzufahren."

„Lass sie, Esther Mae. Sie muss ihre Gründe gehabt haben", sagte Norma Sue und fügte trocken hinzu, „obwohl mir keine einfallen."

So viel zur Unterstützung, dachte Ashby, als Norma Sue sie musterte.

„Andererseits", fügte sie hinzu, „sollte es ein unterhaltsames Abenteuer sein. Ich habe in meinem Leben nie jemanden gesehen, der so düster dreingeblickt hat wie du, als du ins Ziel gehumpelt bist."

„Sie hatte ihre Gründe", sagte Adela, und Ashby schenkte ihr ein dankbares Lächeln.

„Es tut mir leid, dass ich euch enttäuscht habe. Aber der Punkt ist, ich hätte niemals an diesem Rennen teilnehmen sollen. Besonders nicht mit Dan –"

„Aber der Mann ist perfekt für dich."

Ashby, die von der Beobachtung zu verwirrt war, um überhaupt eine kohärente Verteidigung zu formulieren, starrte Esther Mae an. Ihr Blutdruck schoss in die Höhe, wenn sie nur an ihn dachte.

Esther Mae riss eine Handvoll Erbsenschoten in zwei Hälften, als wollte sie ihre schockierende Bemerkung unterstreichen. „Du solltest Dan um ein Date bitten."

Ashby blieb der Mund offenstehen, und aus jeder Ecke des Raumes hörte sie Kichern.

„Erstens", brachte sie heraus, „würde ich niemals einen Mann um ein Date bitten. Und zweitens, wenn ich es tun würde, wäre es sicherlich nicht Dan."

„Also ich verstehe dich einfach nicht", sagte Esther Mae. „Er ist so ein süßer Junge."

„Er ist oberflächlich und verantwortungslos", konterte Ashby.

Sie wollte ihnen sagen, dass sie das Unglück hatte, sich zu seinesgleichen hingezogen zu fühlen, doch sie konnte sich nicht dazu bringen, diesen Fehler einzugestehen. Es war nicht leicht, anderen zu sagen, dass der Mann, dem sie vertraut und an den sie geglaubt hatte, sie betrogen hatte. Das war demütigend genug gewesen. Außerdem hatte sie ihre Lektion gelernt. Notorischen Flirtern konnte man nicht trauen. Männern wie Steven ... Sie verdrängte ihn aus ihren Gedanken. Sie dachte nicht gern an ihn zurück. Stattdessen konzentrierte sie sich auf Dan. „Er flirtet mit allem, was bei drei nicht auf dem Baum ist. Es ist, als ob er denkt, dass ihm alle Frauen aus der Hand fressen, sobald er dieses wunderschöne Lächeln aufblitzen lässt!"

„Es *ist* ein wunderschönes Lächeln", sagte Esther Mae. „Ein verwegener Pirat. Das denke ich, wenn er lächelt."

Ashby spürte, wie angesichts des Bildes, das Esther Mae malte, ihre Wangen rot wurden.

„Warum in aller Welt denkt ihr, er und ich könnten mehr als Antagonisten sein? Ich frustriere ihn, und er nervt mich."

Esther Mae schnaubte. „Du kannst mir nicht erzählen, dass du dich nicht zu ihm hingezogen fühlst ..."

„Esther Mae", sagte Norma Sue. „Lass das Mädchen in Ruhe. Sie sieht es einfach noch nicht."

Ashby konnte sehr gut sehen. Es schien, als wären sie diejenigen, die eine Augenuntersuchung brauchten

23

... oder vielleicht eine Kopfuntersuchung. „Dan Dawson ist kein Ehemann-Material", sagte sie entschlossen.

Das war genau die Gruppe von Frauen, von der sie gehofft hatte, dass sie ihr helfen würde, einen Partner zu finden, und es war sehr beunruhigend zu erkennen, wie falsch sie lagen. Es war ein entmutigender Schlag zu wissen, dass sie allein war, eine Situation, die noch nie zuvor geklappt hatte. Sie konnte ihrem eigenen Urteil nicht trauen, wenn es um Männer ging. Sie hatte Angst davor. Sie hatte an Steven geglaubt und nie kommen sehen, dass er sie hintergangen hatte. Sie brauchte Hilfe, doch selbst Gott schien sich entschlossen zu haben, zu diesem Thema zu schweigen.

„Du hast nicht den richtigen Eindruck von Dan", sagte Norma Sue und riss Ashby aus ihren deprimierenden Gedanken.

„Sicher nicht", stimmte Esther Mae zu. „Genau unsere Argumentation für die Partnereinteilung für das Radrennen. Unterschätze niemals die Kraft fliegender Funken."

Lacy wedelte mit den Händen. „Okay, genug Rumgehacke auf Ashby. Wir haben dich hierher gebeten, um deine Meinung zu meiner neuen Idee zu hören. Du weißt, dass in ein paar Wochen ein Rodeo ansteht, und wir haben uns den Kopf zerbrochen, um eine neue Spendenaktion zu starten. Der Erlös fließt in den Notfallfonds für das Frauenhaus."

Ashby sah sie mit misstrauischen Augen an. „Es involviert nicht mich, Fahrräder, Dan Dawson, oder irgendeine Kombination davon?"

„Nur, wenn du es willst." Lacy kicherte. „Es ist Fang-das-Ferkel."

Alle außer Ashby quietschten vor offensichtlicher Freude beim Gedanken daran.

Sie sah sich langsam um. „Könnte jemand den Begriff *Fang-das-Ferkel* näher erläutern? Denkt daran, ich bin kein Mädchen vom Lande."

Lacys fachmännisch zerzaustes Haar wippte, als sie lachte. „Wir schmieren ein Ferkel mit Fett ein, lassen es in der Arena los, und wer es fängt, gewinnt. Klingt das nicht nach Spaß?"

Oh, Ashby verstand. Sie versuchten, sich über sie lustig zu machen. Darum ging es hier. Sie warteten darauf, ihre Reaktion zu sehen, bevor sie ihr ihrer wahre Idee erzählten. Ein genauerer Blick auf ihre Mienen ließ sie jedoch vermuten, dass es kein Scherz war.

Mule Hollow würde Fang-das-Ferkel spielen.

Ashby hatte ein ungutes Gefühl, als sie die erwartungsvollen Mienen der anderen sah. „Oh nein! Denkt nicht einmal daran, mich zur Teilnahme zu tricksen, wie ihr es bei diesem Radrennen getan habt", sagte sie. „Der Tag, an dem ich nach einem Ferkel jage, wird der Tag sein, an dem Schweine fliegen!"

Die anderen prusteten vor Lachen. Besonders Lacy und Sheri amüsierten sich so sehr, dass Ashby sich beleidigt fühlte. „Warum lacht ihr so?", fragte sie.

Sheri fächelte sich Luft zu. „Sei nicht albern. Wir wussten, dass du sicher nicht einem Ferkel hinterherlaufen würdest. Die Idee ist witzig. Wir wollten nur, dass du uns hilfst, die Spenden zu sammeln. Du hast ein Gespür fürs Geschäft, da dachten wir, wir sollten dir davon erzählen, das ist alles."

Ashby hörte vage den letzten Teil dessen, was Sheri sagte. „Woher wollt ihr wissen, dass ich *nicht* einem Ferkel hinterherjagen würde?"

Sheri blinzelte nicht einmal. „Ich habe ihnen gesagt, dass du nicht auf dem Lenker eines Fahrrads mitfahren würdest, und ich hatte Recht. Wenn du nicht mitmachst, wenn wir albern aussehen, weil wir uns auf einem Fahrrad chauffieren lassen, dann muss man kein Genie sein, um zu wissen, dass du dich sicher nicht mit einem Ferkel im Schlamm schmutzig machen wirst. Egal wie viel Spaß es macht."

Lacy zuckte beinahe entschuldigend mit den Schultern. „Zumal es ein Zuschauersport ist. Du weißt, keiner der Jungs würde sich sowas entgehen lassen."

In Lacys Worten lag tatsächlich ein Anflug von

Herausforderung. *Achtung Falle* schrillten die Alarmglocken in Ashbys Kopf, doch sie ignorierte sie. Warum? Weil sie nichts auch nur ansatzweise so sehr störte wie das, was Sheri gerade gesagt hatte. Ashby hatte sofort ein Bild von der Gruppe selbstgefälliger Cowboys – einschließlich Dan Dawson – die diskutierte, wer mit einem Ferkel in den Schlamm steigen würde und wer nicht.

Selbst ein einsamer Cowboy ist nicht verzweifelt genug, um ein Mädchen zu heiraten, das so verkrampft ist, dass es keinen Spaß haben kann. Dans Worte hatten in den letzten Wochen wie eine gesprungene Schallplatte in ihrem Kopf gespielt. Verkrampft ... Ja, sie wusste, dass sie das war. Sie wusste auch, dass dies ihre Chance war, sich ein für alle Mal *locker zu machen.* Ihre Mutter würde angesichts ihrer Wortwahl schaudern.

„Also, was muss man tun, um bei diesem Ferkelfangen mitzumachen?" Hatte sie das gerade wirklich gefragt?

„Also, wir stellen uns das so vor", begann Lacy. „Es wird so viele Mädels geben, die in diese Arena wollen, dass nicht alle reinpassen. Es wäre eine tolle Idee, die Teilnahme zu einem Wettbewerb zu machen. Die zehn Mädels, die die meisten Tickets verkaufen und das meiste Geld sammeln, bekommen das Privileg, das

Ferkel zu jagen. Was denkst du?"

„Ich bin entschlossen, eine von ihnen zu sein", sagte Sheri mit einem Funkeln in den Augen. „Ich habe es noch nie gemacht, aber ich und Piggy haben ein Date, und dreimal darfst du raten, wer gewinnt."

„Ganz deiner Meinung, Schwester!" Lacy gab Sheri ein High Five.

Ashby biss sich auf die Lippe und beobachtete ihre Begeisterung. Sie selbst hatte noch nie in ihrem Leben jemandem ein High Five gegeben, und ehrlich gesagt spürte sie im Moment nicht den Drang dazu.

„Fang-das-Ferkel macht Spaß", sagte Norma Sue. „Esther Mae und ich haben zu unserer Zeit einige gefangen."

„Das sind grobe kleine Biester", ergänzte Esther.

Ashbys Magen fühlte sich irgendwie krank an, doch sie wusste, dass sie es aussprechen musste. „Darf ich euch was fragen?"

„Schieß los", sagte Lacy mit den Fäusten in den Hüften.

Das war peinlich, doch sie musste die Wahrheit wissen. „Dan sagte, dass ich kein Date bekomme, weil die Cowboys denken, ich bin ... nun ja, *verkrampft* war der Ausdruck, den er benutzt hat."

Es war, als hätte jemand die Stummschalttaste gedrückt. Alle im Raum waren sofort erstarrt und wichen ihrem Blick aus. Das war der Beweis – sie wussten etwas darüber.

„Na ja", sagte Lacy. „Wir hatten schon was in diese Richtung gehört."

„Das ist furchtbar." Ashby rang sich die Hände. „Und ihr habt nichts gesagt! Die ganze Zeit nicht ..."

„Nein, jetzt reg dich nicht auf", sagte Lacy und ging zu ihr, um eine beruhigende Hand auf ihren Arm zu legen. „Sie kennen dich einfach nicht, Ashby. Sie kennen die fürsorgliche und wunderbare Frau, die du bist, nicht, denn alles, was sie sehen können, ist das perfekte Paket, in das Gott dich gesteckt hat."

Ein Chor zustimmenden Gemurmels ertönte im Raum.

„Ich hasse es, wenn mir jemand sagt, dass ich perfekt bin", stöhnte Ashby. „Ich bin grottenschlecht in allen körperlichen Dingen. Ich bin wie eine schlaksige Giraffe." Und das war rein optisch betrachtet.

„Also, das ist nicht wahr", sagte Adela schließlich. „Als du letztes Jahr zum ersten Frühlingsfest hier angekommen bist, erinnere ich mich, dass du und der Sheriff das Dreibeinrennen gewonnen habt."

„Nur weil Sheriff Brady stark genug war, um mich über die Ziellinie zu tragen. Es hatte überhaupt nichts mit mir zu tun."

„Ist schon gut. Mach dich deswegen nicht

verrückt", sagte Sheri. „Da draußen ist ein Mann für dich, und wenn es Zeit ist, dass ihr euch begegnet, werdet ihr es tun."

„Ja, aber dann könnte es zu spät sein."

„Zu spät wofür?", fragte Adela.

„Ein Baby zu bekommen."

Lacy neigte den Kopf. „Ashby, um Himmels willen, du bist noch nicht mal dreißig."

„Du bist doch noch ein Jungspund", sagte Norma Sue.

„Ha. Bei meinem Tempo ..."

Lacy schmunzelte. „Entspann dich, Mädchen. Wenn es eine Sache gibt, die uns die Geschichte gelehrt hat, ist es, dass es niemals, niemals zu spät ist. Wenn Gott Sarah mit fast hundert ein Baby haben lässt, musst du glauben, dass du ein Baby bekommen wirst, wenn du eines haben sollst."

Ashby seufzte erneut. „Aber muss ich dafür hundert sein?"

„Ashby, hör mir zu", sagte Sheri. Ihren Augen fehlte das übliche schelmische Glitzern, als sie Ashby ansah. „Möglicherweise musst du den Stier bei den Hörnern packen, um deine Träume zu verwirklichen."

„Das stimmt." Esther Mae schüttelte zur Betonung eine Handvoll Erbsenschoten. „Nimm dir, was du willst."

Ashby stieß einen genervten Seufzer aus. „Ich dachte, das hätte ich. Ich bin den ganzen Weg hier raus nach Mule Hollow gezogen, doch nichts hat sich geändert. Der einzige Mann, der mich gefragt hat, ist ein oberflächlicher Playboy, den ihr alle aus irgendeinem Grund für besonders toll haltet."

„Zuallererst", sagte Sheri, „glaube ich, dass du Dan vollkommen falsch verstehst. Und zweitens hast du nur deine Adresse geändert, nicht dich."

Man konnte sich immer darauf verlassen, dass Sheri offen und direkt war. Ashby spürte den Stich ihrer Worte bis in die Zehen. „Du denkst also, dass ich verkrampft *bin*. Glaubst du, sie haben Recht?"

„Nein", mischte Lacy sich ein. „Das ist nicht das, was Sheri sagt."

„Das ist es sicherlich nicht. Ich denke, du hast Angst. Glaub mir, mir ging's genauso. Ich glaube, du hast Angst, dumm auszusehen."

„Das hat er auch gesagt."

„Wer, Dan?", fragte Lacy.

Ashby nickte und fühlte sich wie ein Verlierer.

„Ist es wahr?", fragte Sheri.

„In gewisser Weise. Ich bin in einem Umfeld aufgewachsen, in der es eine Todsünde war, albern auszusehen. Ich bin mir nicht sicher, ob ich das kann. Wirklich, an diesem ersten Tag hier dachte ich, ich könnte es. Als Brady mich packte, um mit ihm am Dreibeinrennen teilzunehmen, habe ich es getan. Doch als es vorbei war, konnte ich einfach nicht aufhören, darüber nachzudenken, wie dumm ich dabei ausgesehen habe. Versteh mich nicht falsch, ich liebe meine Mutter, aber ich kann ihre Stimme nicht aus meinem Kopf bekommen." Jetzt dachten sie wahrscheinlich alle, dass sie ein schrecklicher Mensch war. Ihre Beziehung zu ihrer Mutter war kompliziert, doch sie liebte sie ...

Sheri schüttelte den Kopf. „Es kommt eine Zeit, in der du deinen eigenen Weg gehen musst, Ashby. Ganz und gar losgelöst von deiner Vergangenheit. Sogar von deiner Mutter. Nur so kannst du wirklich wissen, wer du bist. Als Erwachsene habe ich herausgefunden, dass mein Leben eine Sache zwischen mir und dem Herrn ist."

Von allen Seiten ertönten zustimmende Laute.

„Du hättest dich prächtig amüsiert, dich auf dem Lenker chauffieren zu lassen", fuhr Sherri fort. „Und du könntest auch Spaß daran haben, ein Ferkel zu jagen. Manövriere dich nicht in die Ecke, nur weil du nicht die beste Hand-Auge-Koordination hast oder weil du denkst, dass es falsch ist, mitzumachen und albern auszusehen. Du musst über dich selbst lachen lernen, Risiken eingehen. Junge, wie sehr ich das lernen musste!" Sie runzelte die Stirn. „Nicht, dass ich dir eine

Predigt halten wollte. Es hat nur einen Nerv getroffen."

„Sheri hat Recht", sagte Lacy. „Wenn diese Cowboys dich da draußen über dich selbst lachen sehen, werden sie die Ashby sehen, die wir kennen. Die, die eine großartige Frau und Mutter abgeben würde ... und eine brillante Geschäftsfrau ist."

„So ist es", rief Norma Sue. Esther Mae und Adela nickten und lächelten zustimmend.

Ashby rang mit dem Kloß, der sich in ihrer Kehle festgesetzt hatte. „Ich wünschte, es wäre so einfach." Sie dachte an das Fahrrad. Sie hatte schon immer Fahrrad fahren wollen. Das mit dem Ferkelfangen? Konnte sie das? Dan Dawson würde sagen, dass sie es nicht konnte. „Also denkt ihr wirklich, dass in diese Arena zu gehen und zu versuchen, dieses Ferkel zu fangen, mir helfen könnte, einen Ehemann zu finden?"

Sheri und Lacy nickten wie Wackeldackel.

Ashby atmete scharf ein. „Okay."

Sie musste es tun. Obwohl ihre Mutter schon vom Gedanken daran entsetzt wäre ... Ashby hatte mit der Angst gelebt, dass ein Reporter auf den Gesellschaftsseiten der Nob Hill- oder Pacific Heights-Publikationen das Falsche über sie sagte. Lachhaft, da ihre Eltern nie als elitär genug angesehen worden waren, um selbst eine Nachricht wert zu sein. Das war, wie Ashby jedoch klar geworden war, ein Grund, warum ihre Mutter so bemüht war, sich in diese Oberschicht einzufügen. Sie lebte, atmete und träumte von den Tagen, an denen sie oder Ashby auf den richtigen Seiten der richtigen Zeitungen erwähnt werden würden. Aus diesem Grund hatte sich Ashby dazu durchgerungen, zuerst Brad und dann Carlton zu daten. Beide waren sehr berichtenswert – und beide hatten ihr innerhalb von sechs Monaten für kompatiblere Partnerinnen den Laufpass gegeben. Ihre Mutter war in beiden Fällen nicht glücklich mit Ashby gewesen. Ihrer Ansicht nach hatte Ashby sie absichtlich „verloren". Ashby hatte sich erst wieder verabredet, nachdem sie von San Francisco weggezogen war und ihr Geschäft in San Moreno eröffnet hatte, wo sie Steven kennengelernt hatte. Die Ablehnungen von Brad und Carlton hatten ihre Mutter am Boden zerstört. Stevens Ablehnung hatte Ashby am Boden zerstört. Es war Zeit, etwas zu ändern.

Sie atmete tief durch und ließ die Idee auf sich wirken.

Sie schöpfte Mut aus dem Lächeln der anderen. „Ich werde wahrscheinlich das Gespött von Mule Hollow sein, aber ich bin dabei. Ich werde gewissen Leuten zeigen, dass ich mich *locker machen* kann."

Sie – Ashby Renée Templeton, die nie in ihrem Leben in einem Sandkasten gespielt hatte, geschweige denn im Dreck – hatte ein Date mit einem Ferkel!

Stelle sich das einer vor.

KAPITEL DREI

Das Rodeo war gut gewesen, aber es sollte noch besser kommen. Dan lehnte sich gegen die Metallzäune der Arena und beobachtete, wie sich die Gruppe lachender Frauen darauf vorbereitete, mit dem quietschenden Ferkel im Pferch hinter ihm zu kämpfen.

Als er gehört hatte, dass Ashby teilnehmen würde, hatte er angenommen, dass es eine weitere Katastrophe werden würde. Sie war ihm den ganzen Monat, seit sie neben seinem Fahrrad in die Stadt gehumpelt war, nicht aus dem Kopf gegangen. Zum Ende der Tortur war es Ashby nicht mehr gelungen, den Schmerz der Blasen an ihren Füßen zu verbergen. Doch die streitlustige Frau hatte alle seine Hilfsangebote abgelehnt, und er hatte schließlich aufgehört, es zu versuchen. Glücklicherweise waren fast alle schon beim Essen oder anderen Aktivitäten, als sie es als allerletzte über die

Ziellinie geschafft hatten, was ihnen das Geläster erspart hatte, das er befürchtet hatte.

Dan musste ihr zugestehen, dass sie gesagt hatte, dass sie nicht mit dem Fahrrad fahren würde, und sie hatte sich daran gehalten. Blasen hin oder her.

Es lag auf der Hand, dass, als bekannt wurde, dass sie Geld sammelte, um sich einen Platz beim Ferkelfangen zu sichern, die Cowboys Schlange gestanden hatten, um ihr zu helfen. Die Gelegenheit, einen guten Zweck zu unterstützen und Ashby ein Ferkel fangen zu sehen, war für viele zu gut gewesen, um sie zu verpassen.

Nicht, dass sie sich von Dan hätte helfen lassen. Oh nein, sie hatte sich *geweigert*, ihm ein Ticket zu verkaufen.

Ja, sie war immer noch wütend auf ihn.

Er beobachtete sie jetzt und kam zu dem Schluss, dass sie steif und nervös aussah. Er musste jedoch zugeben, dass sie wie immer hübsch aussah. Doch seine Aufmerksamkeit lag auf ihren leuchtenden Augen, die vor Angst weit aufgerissen waren.

Sein Magen verknotete sich. Diese Augen sollten vor Vorfreude weit aufgerissen sein. Er wollte, dass sie sich entspannte und amüsierte.

Nicht, dass sie ihm das glauben würde.

Ihr Rücken war steif wie ein Brett, als sie auf das

Signal wartete, die Arena zu betreten. Ähnlich wie jedes Mal, wenn sie ihn im letzten Monat gesehen hatte.

Die Sonntagsschule war unbehaglich gewesen, doch er hatte es unterlassen, sie aufzuziehen, und nicht weiter zu ihrem Dilemma beigetragen. Das, von dem sie keine Ahnung hatte, dass es es überhaupt gab. Er hatte versucht, die Jungs dazu zu bringen, keine Witze mehr wegen des Korbs zu machen, den sie ihm gegeben hatte, dabei jedoch nur mehr Aufmerksamkeit auf ihre Situation gelenkt. Heute Abend hatte er Hoffnung für sie.

Heute Abend konnte sie sich selbst aus dieser Situation befreien. Heute Abend konnte Miss Etepetete plötzlich weniger unnahbar werden.

Er hoffte es. Er mochte diese Schuldgefühle nicht.

Dan wusste, dass Roy Don Jenkins' Stimme jeden Moment aus den Lautsprechern krächzen konnte, um die Frauen vorzustellen, also beeilte er sich, ihnen viel Glück zu wünschen, bevor er wieder verschwand, um sich einen Platz auf der Tribüne zu sichern. Zehn Frauen warteten auf die große Show. Einige waren verheiratet, einige waren Single, doch alle hatten hart gearbeitet, um Tickets zu verkaufen und in diese Arena zu gelangen. Er bewunderte die harte Arbeit, die sie in das Geldsammeln gesteckt hatten, um das Frauenhaus zu unterstützen. Wenn eine Frau jemals wissen wollte, wie man den Weg in sein Herz fand, dann war es das – Zeit oder Geld an bedürftige Frauen zu spenden. Nicht, dass er das jemals jemandem gesagt hätte. Es gab einige Dinge, die zu privat waren, um über sie zu reden. Doch er ging zu ihnen, um ihnen Glück zu wünschen und ihnen dabei stillschweigend für ihre harte Arbeit und ihr gutes Herz zu danken.

„Ladys", sagte er und zog ihre Aufmerksamkeit auf sich. „Ich wollte euch allen nur viel Glück da draußen wünschen."

„Danke, Dan!", rief Lacy über die plötzliche Rückkoppelung aus den Lautsprechern hinweg.

Ashby zuckte bei dem quietschenden Geräusch zusammen, und ihr Blick begegnete Dans. Vielleicht würde sie ab heute Abend ein oder zwei Dinge lernen. Natürlich hoffte er, dass sie sich dabei nicht verletzten würde. Als er einen Platz auf der Tribüne suchte, schickte er ein Stoßgebet gen Himmel, dass niemandem etwas passieren würde. Ihm war bis jetzt nicht in den Sinn gekommen, dass er sie dazu angespornt hatte, und wenn sie sich verletzen würde, wäre er dafür verantwortlich. Das war eine Last, die er nicht tragen wollte.

Sie hatte den Verstand verloren. Das war der erste Gedanke, der Ashby kam, als sie und die anderen in die Arena liefen. Die Menge brüllte vor Lachen. Vor ihr winkten Lacy und Sheri der Menge zu, während sie direkt in eine nasse Stelle stolperte und fast fiel.

Sheri lachte. „Was machst du da? Versuchst du, uns die Show zu stehlen?"

Erleichtert, nach wie vor auf beiden Beinen zu stehen, starrte Ashby sie an. „Du kannst die Show haben. Ich will das nicht mehr tun."

„Oh, und ob du das willst!", sagte Lacy.

Sie hatte leicht reden. Ashby wischte sich die feuchten Handflächen an ihrer Jeans ab. Das Mädchen, das ihre Mutter großgezogen hatte, würde es nicht wagen, verschwitzt durch eine Arena zu rennen und einem eingefetteten Ferkel hinterherzujagen! Einen Moment lang verschwand jede Feindseligkeit gegenüber ihrer Erziehung, als das Bedauern über ihre neu entdeckte rebellische Seite sie packte.

Hör auf.

Sieben Meter entfernt quietschte das kleine Tier hinter dem Tor, hinter dem es festgehalten wurde.

Ashby war im Begriff, mit einem Ferkel Fangen zu spielen. Sie trat nervös von einem Fuß auf den anderen und erinnerte sich daran, dass das Stehen hier in der Arena nicht nur dem Frauenhaus, sondern auch ihrem Image in der Stadt helfen würde.

Sie warf einen Blick auf Lacy, die wie ein Linebacker, der bereit für einen Tackle war, in die Hocke ging.

Das Ferkel quietschte erneut. Ashby schauderte. Wem versuchte sie etwas vorzumachen? Sie war so gar nicht in ihrem Element.

Ihr blieb nichts anderes übrig, als Leuten zu folgen, die aussahen, als wüssten sie, was sie taten. Sie imitierte Lacy und verlagerte ihr Gewicht, die Ellbogen gebeugt, die Hände ausgestreckt. Sie hatte einfach nicht die Persönlichkeit, das hier durchzuziehen. Sie kam sich dumm und fehl am Platz vor, richtete sich auf und stand steif da.

Es gab keine Hoffnung für sie.

Roy Don gab via Lautsprecher den Befehl, das Tor zu öffnen, und sie wäre fast aus ihrer Haut gefahren, als das Ferkel in rasender Panik in die Arena schoss.

Und kein Wunder! Neun Frauen reagierten sofort, quietschten und lachten, während sie sich auf das arme Schweinchen stürzten. Das arme Tier lief im Zickzack durch die Arena. Als es plötzlich erstarrte, stolperten sofort alle übereinander. Nein, alle außer Ashby. Sie hatte sich nicht bewegt.

Nein. Sie stand immer noch genau da, wo sie gewesen war, als das Ferkel die Arena betreten hatte. Vielleicht hatte ihre langsame Reaktion sie gerettet. Jemand in diesem Haufen hatte das Ferkel sicher gefangen.

Ihr Schreck war gewaltig, als das eingefettete

Schwein wie ein Stück Seife in nassen Händen aus dem Haufen Arme und Beine schoss … und direkt auf sie zu stürmte!

Sicherlich konnte das Schwein sehen, dass sie keine Bedrohung war. Sie stand immer noch wie angewurzelt. Sicherlich wusste das Tier, dass alles, was es tun musste, auszuweichen war, und es würde frei sein. Dass die Sicherheitszone nur wenige Schritte entfernt war. Doch nein, das konnte es nicht wissen. Es war ein Ferkel.

Ein wütendes Ferkel, und es hatte beschlossen, mit der Wucht einer Bowlingkugel durch die Arena zu schießen. Immerhin hatte es gerade die neun anderen Frauen ausgeschaltet, warum also nicht auch noch Ashby?

Irgendwo rief jemand: „Schnapp es dir!"

Was sollte sie tun?

Schnapp es dir, wiederholte ihr Verstand.

Bevor sie wusste, was sie tat, schloss Ashby die Augen und hechtete.

Ja, sie hechtete. Auf das Ferkel zu.

Geradewegs auf die vierzig Pfund quietschenden Schinkenspecks, die wie ein gefetteter Blitz auf sie zu schossen. Sie war sich nicht sicher, was sie mehr überraschte, die Tatsache, dass sie sich freiwillig in den Dreck warf …

oder, dass sie das Schwein gefangen hatte!

Sie glaubte zu hören, wie die Zuschauer auf den Tribünen wild wurden, doch das Schwein kreischte in ihr Ohr und trat gleichzeitig wild um sich. Einen Moment hatte sie es, im nächsten lag Ashby flach auf dem Rücken, als das glitschige Ferkel sie als Startrampe benutzte. Aus ihrer Rückenlage beobachtete Ashby, wie es über die weiße Linie schoss, die in der Mitte der Arena gezogen worden war. Schwein: 1, Menschen: 0.

Stöhnend spuckte Ashby Schmutz aus und rappelte sich hoch, ihre Kleider voller Schmiere und Schmutz. Die unappetitliche Mischung klebte auch in ihren Haaren und auf der linken Seite ihres Gesichts – dort, wo sie auf dem kleinen Monster gelandet war.

Molly Jacobs, die über die Spendenaktion für ihre nationale Zeitungskolumne berichtete, sprang plötzlich vor sie und schoss einen Haufen Fotos. Von den Blitzen geblendet, blinzelte Ashby. Was für ein Fahndungsfoto das abgeben würde!

Doch es war vorbei. Das war alles, was sie denken konnte, als sie zu den anderen Frauen in der Mitte der Arena stolperte.

„Gut gemacht, Ashby." Lacy lachte. „Du hattest es fast!"

Ashbys Gedanken gingen in die entgegengesetzte Richtung. Das Schwein hatte zehn Frauen überlistet.

Was für ein Ferkel.

Obwohl sie als Gruppe versagt hatten, ergriffen sie ihre Hände und hoben sie triumphierend hoch. Zu ihrer Überraschung schienen sich alle wunderbar amüsiert zu haben. Ashby stank. Alle stanken, doch sie war sich ziemlich sicher, dass sie am schlimmsten roch. Sie setzte für das klatschende Publikum ein Lächeln auf und erinnerte sich daran, warum sie das getan hatte – diese schreckliche, schreckliche Sache. Vielleicht war es nicht umsonst gewesen – es konnte sogar einen Wendepunkt in ihrem Liebesleben bedeuten.

Sie wusste nur, dass, wenn das nicht ihr Image verändert hätte, nichts dazu in der Lage wäre.

Dan schob sich durch die Menge zu der Stelle, an der die Frauen die Arena verließen. Das war das Witzigste, was er seit Jahren gesehen hatte. Zu beobachten, wie sich neun Frauen auf das Ferkel warfen, war ziemlich unterhaltsam gewesen. Doch als das quietschende Tier aus dem Haufen aufgetaucht und auf Ash zugeschossen war, hatte sie ausgesehen wie ein kleines Mädchen, das sich dem Monster unter seinem Bett gegenübersah. Ihre Augen waren weit aufgerissen gewesen, und sie war so weiß geworden wie das makellose Hochzeitskleid, das in ihrem Schaufenster hing.

Die Frau war ein echtes Energiebündel. Wer hätte das jemals erwartet? Als sie nach dem Ferkel gehechtet war, hatte trotz ihrer offensichtlichen Besorgnis jeder Cowboy um ihn herum gebrüllt und gejubelt. Dan hatte das Gefühl, seine Mission erfüllt zu haben. Er war stolz auf sie und gleichzeitig erleichtert um ihretwillen.

Und er war aus dem Schneider ...

Trotz der Spannungen zwischen ihnen hatte er das Bedürfnis, mit ihr zu reden. Sie wissen zu lassen, dass sie es gut gemacht hatte – obwohl er glaubte, dass ihr egal war, was er dachte. Er schaffte es bis zum Ende der Treppe und wartete ein paar Meter vom Ausgang entfernt, als die Frauen die Arena verließen. Ashby ging als letzte. Ihr Gesicht war beschmiert mit Dingen, von denen er ziemlich sicher war, dass sie sich bemühte, nicht genauer darüber nachzudenken. Doch ihre Augen funkelten. Dan gefiel das.

Einige der Singlefrauen flirteten auf dem Weg an ihm vorbei mit ihm. Beth Clark blieb stehen, um sich zu unterhalten. Sie war aufgeregt und lachte, und er musste zurücklächeln. Sie war eine hübsche Frau, obwohl einige sagen würden, ihr Kinn sei zu markant. Dan betrachtete das Leben in ihren Augen. Er hatte sie im Frauenhaus gesehen, wo sie ein paarmal Freiwilligenarbeit geleistet hatte, als er dort gewesen war, darum wusste er, dass sie ein gutes Herz hatte. Sie würde eines Tages einen Cowboy zu einem glücklichen Mann machen.

Beth plapperte immer noch, als Ashby durch das Tor kam. Er wollte nicht unhöflich sein, doch er legte eine Hand auf Beths Arm und hielt ihren Redefluss für einen Moment mit seiner Berührung an.

„Wie fühlt sich das an?", fragte er Ashby. Sie blieb stehen, ihr Blick begegnete seinem, wanderte dann zu Beth und wieder zu ihm zurück.

„Es war interessant."

Die Überraschung in ihrer Stimme ließ ihn schmunzeln. „Ich habe dir gesagt, es würde sich gut anfühlen, sich locker zu machen."

Sie spannte sich bei seinen Worten an, und ihre Augen verdunkelten sich. „Ja, du hattest Recht", sagte sie, dann drehte sich um und ging.

KAPITEL VIER

„Hey, Ash, würdest du bitte warten?" Als Dan es endlich durch die Menge geschafft hatte, erreichte er sie, als sie ihre Autotür öffnete. Sie betrachtete das Innere mit einem verwirrten Ausdruck, als wäre ihr gerade klar geworden, dass sie ein Problem hatte. So wie Dan sie zu kennen glaubte, dachte er, dass ihr wahrscheinlich nicht klar gewesen war, in welchem Zustand sie sein würde, wenn sie die Arena verließ. Nicht, dass andere wie sie in dieser Pfütze gelandet wären.

„Was willst du?" Sie warf ihm einen Blick zu.

„Immer mit der Ruhe. Ich habe nichts Böses mit dem gemeint, was ich eben gesagt habe. Ich komme in Frieden."

Ihr Gesichtsausdruck blieb angespannt, doch die Feindseligkeit in ihren Augen ließ nach, als ihr Blick von ihm zum Inneren ihres T-Bird zurückkehrte.

„Wie wäre es, wenn ich dich in die Stadt fahre? Du kannst dich umziehen und später heute Abend zurückkommen, um dein Auto zu holen." Ihr Blick wurde skeptisch. „Oder morgen", fügte er hinzu. „Du kannst dich von jemandem herbringen lassen."

Sie holte tief Luft. „Ich werde deinen Truck schmutzig machen."

„Nein, du kannst auf der Ladefläche fahren." Als sie ihn erschrocken anstarrte, lachte er. „War nur Spaß. Mein Truck ist so gebaut, dass er das Schlimmste bewältigt und weiter fährt. Braucht nur einen Wasserschlauch für den Boden und ein bisschen Seife und Wasser für den Sitz."

Sie starrte wieder auf ihr Auto. Dan betrachtete den weichen Teppich auf dem Boden und die sportlichen Schalensitze, die zur Hälfte aus Stoff und zur Hälfte aus Leder bestanden. „Die Kuhfladen, in denen du dich gerollt hast, kriegst du so schnell nicht aus dem Stoff. Wenn überhaupt."

„Ich weiß. Es ist widerlich."

Plötzlich wurde ihm bewusst, dass sie deprimiert klang. Er hatte zuerst geglaubt, dass es daran lag, dass sie nicht gerade glücklich war, ihn zu sehen, doch jetzt war er sich nicht so sicher. Er sah genauer hin.

„Bist du okay?"

Ihre Lippe zitterte. „Ich stinke wie ein Komposthaufen. Ich weiß nicht, was in meinen Haaren klebt und ..." Sie verstummte plötzlich, doch ihre Lippe zitterte immer noch.

Das reichte. Dan griff um sie herum und nahm ihre Handtasche vom Sitz. „Komm. Lass mich dich nach Hause bringen."

Sie bewegte sich nicht, starrte ihn nur an. Er holte frustriert Luft. „Schau, ich weiß, dass du keine herausragende Meinung von mir hast, aber wenn du kein besseres Angebot hast, würde ich vorschlagen, dass du es annimmst." Nun, das war ein Tiefschlag. Doch sie war wieder stur. So wie sie am Tag des Radrennens gewesen war. Ohne auf sie zu warten, schloss er die Tür ihres Wagens und ging über den Parkplatz zu seinem Truck.

Dort angekommen stellte er ihre Handtasche auf die Konsole und wartete, als sie sich näherte und beinahe schlurfte. Sie war wirklich nicht glücklich. Er würde ein paar Liter Hochleistungsreiniger brauchen, um seinen Truck sauberzubekommen, nachdem er sie zu Hause abgesetzt hatte. Immer noch schweigend ließ sie sich auf den Sitz fallen. Sie schloss die Augen, als der Gestank das Innere seines Trucks füllte.

„Wenn mich irgendjemand gewarnt hätte, was nach einem Rodeo mit dem Sand der Arena vermischt sein würde, hätte ich das niemals getan."

Dan lachte, nahm den Sicherheitsgurt und griff über sie, um sie anzuschnallen. Sie sah ein bisschen zu erschüttert aus, um es selbst zu schaffen. Der Gestank wurde schlimmer. Er tätschelte ihr Knie, bevor er die Tür schloss.

„Morgen wirst du froh sein, dass du es getan hast."

Er lächelte, als er zu seiner Seite des Trucks eilte. Sie war vielleicht so stachelig wie ein Kaktus, doch sie war sicher unglaublich gewesen, als sie sich auf dieses Schwein gestürzt hatte.

Und er wusste, dass er nicht der einzige Cowboy war, der es bemerkt hatte.

Ashby war noch nie so erleichtert gewesen, das große viktorianische Gebäude zu sehen, in dem sie eine kleine Wohnung gemietet hatte. Dans Freundlichkeit angesichts ihres Dilemmas hatte sie überrascht. Sie vermutete, dass sie wirklich zu sehr Stadtmensch war, um vorherzusehen, wie sie nach der Ferkeljagd aussehen oder noch schlimmer: stinken würde.

Doch die meisten anderen Teilnehmerinnen waren nicht in diesem widerlichen Zustand gewesen, als sie die Arena verlassen hatten. Typisch für ihr Glück.

Dan pfiff vor sich hin, als er sie in die Stadt fuhr,

versuchte aber nicht, Konversation zu machen, fast als ob er wüsste, dass sie Zeit brauchte, um sich zu entspannen.

„Da sind wir", sagte er und bog in die Einfahrt ein. „Kann ich sonst noch irgendwas für dich tun?"

Was meinte er damit?

„Schau mich nicht so entsetzt an. Ich wollte nur wissen, ob ich dich im Hinterhof abspritzen oder dir helfen soll, die Stiefel auszuziehen." Er schmunzelte, und im Licht des Armaturenbretts konnte sie sehen, wie seine Augen funkelten.

„Danke, aber ich komme schon klar." Ashby stieg steif aus dem Truck und keuchte, als sie sich umdrehte und den Sitz sah.

„Mach dir keine Sorgen, ich mach das schon sauber, sobald ich nach Hause komme."

Das war das Optimistischste, was Ashby den ganzen Tag gehört hatte. Sie nickte. „Danke nochmal fürs Mitnehmen. Gute Nacht."

Die Demütigung des Abends wurde schnell zu viel für sie. Sie schlug die Tür zu und eilte zum Haus. Sie war gerade auf den Bürgersteig getreten, als Dan ihren Namen rief. Sie drehte sich um und sah, dass er sie durch das offene Fenster beobachtete.

„Süße Träume, Ash. Das hast du gut gemacht." Er tippte an seinen Hut und fuhr los.

Sie beobachtete seine Rücklichter, bis sie verschwanden, und erinnerte sich daran, dass der Mann es zu einer Wissenschaft erhoben hatte, Frauen mit seinem Charme einzuwickeln. Sie konnte nicht zulassen, dass ihr eine nette Geste und ein paar freundliche Worte zu Kopf stiegen.

Dan bedeutete nichts als Ärger. Man konnte ihm nicht vertrauen. Männer wie er konnten aufrichtig erscheinen, wenn es ihnen in den Kram passte. Mit einem simplen Lächeln konnten sie Frauen wie die Motte ans Licht ziehen. Stevens Charme hatte genauso funktioniert. Sie hatte jede seiner Lügen geglaubt, bis sie ihn seine Sekretärin küssen gesehen hatte. Ja, Charme war ohne jeden Tiefgang. Männern wie Steven konnte man nicht trauen, und sie sollte sich gut jedes Mal daran erinnern, wenn Dan den Mund aufmachte.

Leichter gesagt als getan, dachte Ashby am nächsten Morgen, als sie vom Kehren aufblickte und sah, dass Dan den Bürgersteig hinunter auf sie zu schlenderte. Er hatte dieses entspannte Lächeln im Gesicht, und obwohl sie solche Begegnungen im letzten Monat vermieden hatte, verlangte der Anstand, dass sie heute nicht floh, da er ihr gestern Abend geholfen hatte.

„Morgen, Ash", sagte er gedehnt und blieb ein paar

Schritte vor ihr stehen. „Deine Haare offen zu tragen steht dir. Du siehst heute Morgen so hübsch aus wie eine Apfelblüte."

Ashbys Puls stolperte. Das war keine persönliche Beobachtung, es war nur Dan. Er war im Süßwarenladen gewesen und hatte wahrscheinlich eine halbe Stunde damit verbracht, mit all den Frauen zu flirten, die dort arbeiteten. Es war ein üblicher Halt für ihn, doch sie machte sich nichts vor – niemand aß so viel Süßigkeiten.

„Guten Morgen", sagte sie, und ihre Hände spannten sich um den Besenstiel an. Ihr Widerstand war heute irrational, und sie wusste es. Der Mann hatte sie nach Hause gebracht, als ehrlich gesagt niemand anderes in ihre Nähe gekommen wäre – und das aus gutem Grund! Sie hatte fast geweint, als sie sich gestern Abend in ihrem Badezimmerspiegel gesehen hatte. „Ich hoffe, dein Truck stinkt nicht mehr allzu sehr."

Als sie am Morgen aufgewacht war, war ihr der vergangene Abend grenzenlos peinlich gewesen.

„Ist schon gut. Ich habe dir gesagt, dass es nichts ausmacht." Er beugte sich vor und atmete tief durch. „Du duftest heute viel besser."

Ashby spürte, wie ihre Wangen warm wurden. Aus Verlegenheit, schlicht und einfach.

Er grinste und wedelte seine Tüte vor ihr.

„Möchtest du was Süßes?"

Okay, vielleicht war er wirklich ein Süßschnabel und ging nicht nur zum Flirten in den Laden. Die Frauen aus dem Frauenhaus, die den Laden führten, machten die besten Süßwaren, die sie je probiert hatte. Und es ging sie sowieso nichts an, was dieser Mann tat und was nicht.

„Nein, danke", schaffte sie herauszubringen. „Ich wollte mich noch einmal bei dir für deine Hilfe gestern Abend bedanken." Sie fegte weiter und hoffte, er würde weitergehen.

Er knabberte an einem Schoko-Erdnuss-Cluster und beobachtete sie weiter.

„Hast du schon ein Date?"

„Nein", knurrte sie. Demütigung spornte sie an, schneller zu fegen. Ein Moment verging, dann beugte er die Knie und blickte mit irritierend gut gelaunten Augen spielerisch zu ihr auf.

„Du bist sauer wegen gestern Abend, oder?" Ashby blickte ihn finster an und arbeitete weiter. „Komm schon, Ash. Du musst dich für nichts schämen. Du hast dein Bestes gegeben und mir bewiesen, dass ich mich getäuscht habe. Und du siehst so sauber wirklich hübsch aus – habe ich das schon gesagt?"

Das Problem war, dass er tatsächlich wusste, warum sie gestern an diesem peinlichen Unsinn teilgenommen hatte. Sie konnte nicht sagen, ob das Brennen, das sie spürte, von der Sonne oder ihrer Verlegenheit herrührte.

Nun, er konnte einfach gehen. Nichts wäre ihr lieber als das. Tatsächlich wäre es ihr Recht, wenn *alle* vermaledeiten Männer von Mule Hollow Abstand halten würden.

Sie brauchte keinen von ihnen. Für den Moment war sie so gereizt, dass es genau richtig klang. Und es gab ihr einen Anschein von Befriedigung.

Doch Dan machte immer noch keine Anstalten zu gehen.

„Ich bin auf dem Weg zu Sam, um mir eine Tasse Kaffee zu holen und die Zeitung zu lesen. Warum kommst du nicht mit? Wir können früh zu Mittag essen."

Gab dieser Mann denn nie auf? „Ich arbeite." Sie atmete langsam und ruhig durch. „Aber trotzdem danke", fügte sie hinzu und sah zu ihm auf, während sie sich bemühte, ihre Manieren nicht zu vergessen. Sie war eins zweiundsiebzig – eins achtzig mit den Absätzen, die sie trug – und trotzdem musste sie zu ihm aufblicken. Ihre Lippen verzogen sich zu einem angespannten Abschiedslächeln.

Zu ihrem Verdruss lehnte er sich gegen den Türpfosten und schlug die Knöchel übereinander. Seine

Sporen klirrten und lenkten ihren Blick auf seine Stiefel. Es war offensichtlich, dass Dan bereits gearbeitet hatte, obwohl es erst zehn Uhr morgens war. Sie sah eine feine Staubschicht auf den unteren Rändern seiner sonnengebleichten Jeans und Spuren von rotem Matsch an seinen Stiefeln. Der Mann bewegte sich vielleicht mit einer langsamen Anmut, die ihn träge erscheinen ließ, doch Ashby wusste, dass er ein harter Arbeiter war, der seine Zeit zwischen seiner Hufschmiede, seinem Viehan- und -verkaufsbetrieb und der Führung seiner eigenen Herde aufteilte. Das war der Grund, warum er all diese Süßigkeiten essen konnte und nicht zunahm.

„Ash, hat deine Mutter dir nicht beigebracht, dass es nicht nett ist, Leute anzustarren?", bemerkte er.

„Ich habe dich nicht angestarrt. Deine Sporen haben mich abgelenkt." Erstaunlich, einfach erstaunlich, wie leicht es war, in seiner Gegenwart unvorsichtig zu werden. Und er wusste das. Sie kniff die Augen zusammen, als sie seinen selbstgefälligen Gesichtsausdruck bemerkte.

Er ließ sich nicht im Geringsten von ihrem Ärger beeindrucken und nickte in Richtung ihres Ladens. „Ich kann nicht umhin, als zu bemerken, dass du keine Kunden hast, Miss Templeton", neckte er. „Wenn ein Mann es nicht besser wüsste, könnte er glatt denken, dass du nicht mit ihm gesehen werden willst. Es ist nur ein Mittagessen, Ash. Oder Kaffee. Du entscheidest. Ich bin pflegeleicht."

„Nein, danke", sagte sie und bemühte sich darum, gleichgültig zu wirken. Sie tat das jetzt seit einem Jahr, und die Beharrlichkeit dieses Mannes war erstaunlich. Sie war wahrscheinlich die einzige Frau auf dem Planeten, die ihn jemals abgelehnt hatte – daher verstand sie, dass sie eine Herausforderung darstellte. Vielleicht hatte er sogar Mitleid mit ihr. Das tat jedoch weh. Sie hielt seinen Blick fest und weigerte sich, den dunklen Gefühlen nachzugeben.

Er biss in die Erdnussschokolade und imitierte ihren distanzierten Gesichtsausdruck. „Sicher, dass du keine Schokolade willst? Weißt du, die Ladys von nebenan wissen wirklich, wie man Süßigkeiten herstellt."

Ashby schüttelte den Kopf, während ihr Mund wässrig wurde.

Wegen der Süßigkeiten.

„Sag mir nicht, dass du auf Diät bist." Er betrachtete sie skeptisch.

„Das, Cowboy, geht dich nichts an."

Er lachte, und seine Augen funkelten. „Das ist nicht meine Schuld. Es ist nicht so, als hätte ich nicht versucht, dich besser kennenzulernen."

Und das war die ganze Erinnerung, die sie brauchte,

um einen klaren Kopf zu behalten. „Das ist die Kurzfassung der Gründe, weshalb ich nie mit dir ausgehen würde. Du bist unverbesserlich, Mr. Dawson."

Er strahlte! „Oh, herzlichen Dank, Darlin'. Ich habe mich gefragt, wann du es bemerken würdest."

„Das war nicht als Kompliment gedacht", sagte sie trocken. „Du versuchst, jede Frau, die nicht bei drei auf dem Baum ist, *kennenzulernen*."

„Oh, jetzt verletzt du mich." Er presste die Tüte mit Süßigkeiten an sein Herz.

Sie hatte ihn diese Bemerkung oft machen hören, immer abgerundet mit seiner Hand über seinem Herzen. Persönlich fand Ashby es ein bisschen klischeehaft. Trotzdem ließ es ihr eigenes Herz höher schlagen.

„Wir wissen beide, dass das unmöglich ist", schnaubte sie.

Er erschreckte sie, als er sich vom Türrahmen abstieß, um sich ihr zu nähern. „Vielleicht kennst du mich nicht so gut wie du denkst, Ash."

Verärgert über seine Nähe legte sie die Hand auf den Türknauf. „Ich werde dich da einfach beim Wort nehmen. Genieß deinen Kaffee."

Er griff ebenfalls nach der Tür, und seine Hand landete auf ihrer. Ihre Blicke begegneten sich und hielten einander fest, als jede Faser ihres Körpers zum

Leben erwachte. Sie konnte sich nicht bewegen, und sie hasste sich dafür.

Während er am Griff zog, blühte sein Lächeln auf. „Sieh mich nicht so schockiert an, Ash. Meine Mutter hat mir beigebracht, einer Dame die Tür aufzuhalten.”

Als sie bemerkte, dass das Funkeln in seinen Augen fast fröhlich wurde, kehrte ihr gesunder Menschenverstand zurück. Dieser Mann wusste, welche Wirkung er auf sie hatte. Er wusste, welche Wirkung er auf *alle* Frauen hatte.

Sie riss ihre Hand zurück. Wut durchfuhr sie, weil sie so lahm reagiert hatte. „Danke, aber ich hätte das selbst tun können”, sagte sie und begann, sich an ihm vorbeizuschieben. Seine Hand auf ihrem Arm hielt sie jedoch auf.

„Wie ich schon sagte, du musst dich locker machen, Ash.” Seine Stimme wurde leiser. „Hast du deshalb Angst vor mir?”

Angst? Sie hob das Kinn. „Ich habe keine Angst vor dir. Du bist einfach nicht das, wonach ich bei einem Mann suche. “

Seine Augen sagten ihr, dass er ihr nicht glaubte. So, wie ihr Puls stolperte, war sie sich nicht sicher, ob sie sich selbst glaubte. Aber sie wusste, was gut für sie war und was nicht.

„Ash, ich denke, wir wissen beide, dass du nicht

ehrlich bist. Geh mit mir aus." Seine Stimme wurde heiser. „Oder zumindest zum Mittagessen. Was kann das schon schaden?"

Ashbys Entschlossenheit geriet ins Wanken. Sie spannte ihren Rücken an und biss die Zähne aufeinander. „Mein Name ist Ashby, und ich bin nicht daran interessiert, mit einem Playboy zu Mittag zu essen." Es klang hässlich, doch es war genauso für ihre eigenen Ohren wie für seine bestimmt.

Sein Kiefer spannte sich an, doch überraschenderweise sagte er nichts, als sie über die Schwelle an ihm vorbei trat, sich der Tatsache, dass er sie beobachtete, nur allzu bewusst. Allzu wütend auf sich selbst, die Kontrolle verloren zu haben. Die Tür schloss sich mit einem dezenten Klicken, als wollte sie sie tadeln.

Der Mann nahm nichts ernst.

Und sie würde gut daran tun, sich an diese wichtigen Informationen zu erinnern. Sie suchte einen Ehemann. Einen Mann Gottes. Dan Dawson ... Sie sah zu, wie er zu Sam's Diner schlenderte, kehrte dann dem Fenster den Rücken zu und löschte den unbeschwerten Flirt aus ihren Gedanken. Dan war nicht dieser Mann.

Nicht, wenn sie wusste, dass er wahrscheinlich aufgehört hatte, an sie zu denken, als er sich umgedreht hatte und weggegangen war.

KAPITEL FÜNF

„Morgen, Applegate und Stanley", sagte Dan, als er Sam's Diner betrat. Es war Vormittag, also waren die einzigen Kunden die beiden alten Männer, die bei ihrem ewigen Dame-Spiel saßen.

„Also, hat sie dir wieder einen Korb gegeben?" Applegate schrie fast, sein Stirnrunzeln hob sich zu einem faltigen Grinsen.

Dan rutschte auf einen abgenutzten Wildlederhocker. „Du sagst es."

Die beiden alten Männer starrten ihn an.

Gestern Abend, nachdem er sie nach Hause gebracht hatte, hatte Dan geschworen, sich zurückzuziehen, doch ein Blick auf sie heute Morgen, und alle guten Vorsätze waren dahin ...

„Ich denke, entweder bin ich ein Masochist, oder es macht mir einfach Spaß, bei ihr zu sticheln." Er schob seinen Hut aus der Stirn. „Was denkt ihr, Jungs?"

Sam kam aus der Küche heraus, ein kleiner, drahtiger Mann mit flottem Schritt. Er hob die Kanne Kaffee und füllte eine Tasse für Dan, ohne zu fragen. „Beides", sagte er beim Eingießen. „Ich muss dich allerdings warnen, du solltest besser auf dich aufpassen."

„Schaut, Jungs", sagte Dan, der sich nicht für Sams unausgesprochene Ängste interessierte. „Mir ist klar, dass die Kupplerinnen mich ins Visier genommen haben. Was glaubt ihr, woran das liegt?" Zuvor hatten sie kein Problem damit gehabt, ihn in Ruhe zu lassen.

„Woran das liegt?" Stanleys fröhlicher Ausdruck wich einem schiefen Grinsen. „Weil sie mittlerweile den Dreh mit der Kuppelei raushaben, und jetzt können sie nicht mehr aufhören."

Applegate nickte ernst. „Es macht irgendwie Spaß. Ich habe mich selbst da reinziehen lassen. Aber ich bin mir nicht sicher, ob sie sich bei Dan so einfach durchsetzen werden."

Sam warf das Küchentuch, mit dem er die Theke abgewischt hatte, über seine Schulter. „Genau das habe ich meiner Adela gesagt. Ich habe ihr gesagt, dass Dan ein geborener Junggeselle ist, falls es jemals einen gegeben hat."

Dan trank seinen Kaffee und hörte nicht länger zu.

Er sah für sie wahrscheinlich wie ein geborener Junggeselle aus, und er war es zu einem gewissen Grad auch. Doch er hatte vor, eines Tages zu heiraten. Er war sich nicht sicher, ob er Kinder haben sollte ... doch eine Ehe war etwas, auf das er hoffte, wenn die Zeit reif war. Trotz allem, was die meisten Leute von außen sahen, war er ein sehr vorsichtiger Mann. Die Ehe war kein Grund zur Eile. Er war erst achtundzwanzig und hatte viel zu tun, bevor er diese Art von Verantwortung übernahm. Wenn er einer Frau seinen Namen anbot, gab es in seinem ganzen Leben nichts Ernsthafteres. Doch vorerst würden sich die Kupplerinnen von Mule Hollow damit zufriedengeben müssen, andere zu verkuppeln. Er machte ihnen keinen Vorwurf daraus, dass sie es versucht hatten. Sie würden die Sinnlosigkeit ihrer Bemühungen früh genug erkennen. In der Zwischenzeit machte es ihm nichts aus, ihnen zumindest zur Unterhaltung zu dienen.

Natürlich glaubte er nicht, dass es Ashby genauso ging.

Dan trank einen Schluck Kaffee und genoss den Geschmack. Das Leben wollte genossen, jeder Moment ausgekostet und gefeiert werden. Ash musste das lernen, und das war der Grund, warum er sie so gern neckte.

Obwohl es ihn nur ein bisschen ärgerte, dass sie sich weiterhin standhaft weigerte, mit ihm auszugehen.

Er musste zugeben, dass sie seine Geduld mehr auf die Probe gestellt hatte, als er es für möglich gehalten hatte. Wie mit ihrer Weigerung, Fahrrad zu fahren. Darüber war er immer noch verblüfft. Selbst wenn ihre Freunde sie zur Teilnahme genötigt hatten, hätte sie ein bisschen kooperieren können.

Ihre jüngsten Bemühungen im Ferkelfangen hatten ihn jedoch beeindruckt. Er schmunzelte und dachte daran, wie sie sich gestern Abend von der Masse abgehoben hatte.

„Du lächelst doch über irgendwas", bemerkte Sam und brach in seine Gedanken ein.

Dan stellte die Tasse ab. „Ich habe nur an das Ferkel von gestern Abend gedacht."

Sam verzog das Gesicht. „Ich hätte nie gedacht, dass eine so geschniegelte und gestriegelte Lady wie Ashby mit einem Ferkel in diese Arena geht. Ich frage mich, warum sie sich dazu entschlossen hat?"

Dan sagte nichts und lenkte das Gespräch auf andere Dinge, während er sein Mittagessen aß.

„Also, Leute", sagte er, als er fertig war, „war schön, mit euch zu plauschen, aber ich habe eine Menge Vieh, das geduldig darauf wartet, dass ich es nach San Antonio bringe." Er ging zur Tür.

„Hast du nicht letzte Woche schon eine Ladung dorthin gebracht?", fragte Applegate und hielt seinen roten Damestein in der Luft an.

„Das war eine Ladung für die Ranch auf dieser Seite von Georgetown, nicht so weit."

„Du bist ziemlich beschäftigt", sagte Stanley und runzelte die Stirn, als Applegate einen seiner Steine vom Brett nahm.

„Geht nicht anders, oder?", bemerkte Dan. „Bis dann."

Er verließ das Diner und ging zu seinem Truck und dem Anhänger, die auf dem unbebauten Grundstück am Ende der Main Street geparkt waren. Er konnte das Vieh muhen hören, als er sich näherte. Es war eine schöne Ladung, die ihm einen ordentlichen Gewinn einbringen würde. Immer eine gute Sache. Seine kleine Ranch war fast abbezahlt, und wenn er so weitermachen würde, würde sie ganz ihm gehören, bevor das Jahr zu Ende ging. Ein Teil davon war darauf zurückzuführen, dass er niemandem außer sich selbst und dem guten Herrn gegenüber verantwortlich war. Single zu sein hatte seine Vorteile.

Er stieg in den Truck, ließ ihn an und warf einen Blick auf Ashbys Laden. Sie hielt offensichtlich nicht viel von ihm. Als er wegfuhr, wusste er, dass ihn der Misserfolg mit ihr mehr störte, als er zugeben wollte. Und er war sich nicht sicher warum.

Er bog von der Main Street ab und fuhr zur

Kreuzung, die ihn die fünfzig Meilen bis zum Highway bringen würde. Er musste darüber nachdenken, wie sie am Abend zuvor ausgesehen hatte, als sie mitten in der Arena auf dem Boden gesessen hatte. Benommen, verwirrt und so gar nicht in ihrem Element.

Er hätte ein schlechtes Gewissen haben sollen, weil er sie dazu gebracht hatte, das Ferkel zu jagen, doch er hatte es nicht. Es war zu ihrem eigenen Besten und bedeutete mehr als nur zu versuchen, diese geistig minderbemittelten Cowboys auf sie aufmerksam zu machen.

Alle anderen Frauen, die in dieser Arena gewesen waren, hatten sich köstlich amüsiert, während sie sich für einen guten Zweck zum Affen gemacht hatten. Ashby Templeton war nur für den guten Zweck da gewesen.

Es war traurig, dass sie nicht einmal wusste, dass es einen Unterschied gab.

Ashby liebte Sonntagmorgen. Sie nahm sich immer vor, in die Krabbelgruppe zu gehen und ein bisschen Zeit mit den Kleinen zu verbringen, bevor sie in die Sonntagsschule ging. Die Frauen wechselten sich in der Krabbelgruppe ab. Ob es nun ihr Morgen war oder nicht, Ashby schaute vorbei, um die Kinder zu begrüßen. Bis vor einigen Monaten hatte Mule Hollow nur einen einjährigen Jungen in der Krabbelgruppe der Kirche gehabt. Doch nachdem Dottie und Brady Cannon das Frauenhaus eröffnet hatten, waren ein süßes dreijähriges Zwillingspaar und ein fünfzehn Monate alter Junge hinzugekommen. Je mehr, desto besser, dachte Ashby, und sie erwartete voll und ganz, dass es bei all den Hochzeiten, die in letzter Zeit in der Stadt stattgefunden hatten, bald mehr Nachwuchs geben würde.

Und dass sie irgendwann Mutter eines dieser Kinder sein könnte.

Rose, die Teilzeit im Kleidergeschäft für Ashby arbeitete und auch im Frauenhaus wohnte, winkte sie herein. „Ich habe auf dich gewartet."

Lächelnd übergab sie den fünfzehn Monate alten Bryce. Seine Mutter Stacy war mit Rose ins Frauenhaus gekommen, als sie nach Mule Hollow gezogen war. Stacy war von ihrem Vater und später von dem Mann, den sie geheiratet hatte, misshandelt worden und nach Mule Hollow entkommen. Sie war sehr zerbrechlich. Sie hatte erst den Mut gefunden, den Misshandlungen zu entkommen, nachdem sie ihren kleinen Jungen zur Welt gebracht hatte und zufällig Rose begegnet war. Eine Begegnung, bei der Gott seine Hand im Spiel gehabt und Rose ihr von einem Ausweg aus der

Misshandlung erzählt hatte.

Rose und Ashby waren in den letzten Monaten gute Freundinnen geworden, und Ashby hatte großen Respekt vor ihr.

Ashby sah dem Kind in die Augen und wusste, dass es in einer liebevollen Gemeinschaft aufwachsen würde. Ihr Herz freute sich.

„Tut mir leid, ich bin spät dran", sagte sie. „Aber du weißt, ich musste vorbeikommen und meine süßen kleinen Lieblingsmenschen sehen." Sie kitzelte Bryce am Bauch, und er belohnte sie mit einem gackernden Lachen. Er war ein süßer kleiner Junge mit dunklem Haar, schläfrigen Augen und einem Lächeln, das Sonnenstrahlen in ihr Herz schickte.

„Kein Problem. Unseren kleinen Engeln hier Hallo zu sagen ist genauso wichtig wie pünktlich zum Unterricht zu kommen. Immerhin bist du ihr Lieblingsbabysitter. Wenn du ins Frauenhaus kommst und auf die Kleinen aufpasst, während wir zu Workshops oder Beratungsgesprächen gehen, können ihre Mütter aufatmen. Es ist ein großer Segen."

„Ich helfe gern, besonders beim Babysitten", sagte sie, als zwei winzige Arme ihre Knie umarmten. „Wie geht es meinen kleinen Männern?" Sie bückte sich, um sich von den Zwillingen umarmen zu lassen.

Rose lachte. „Du brauchst selber welche."

Ashby seufzte und blickte auf. Unbeabsichtigt hatte Rose Ashbys Herzenswunsch in Worte gefasst.

„Das kannst du laut sagen. Ich bin mehr als bereit, aber ich fürchte, ich muss mich bald der Realität stellen und mich geschlagen geben."

Die Jungen hatten die Kekse bemerkt, die Rose gerade in eine Schale legte, und wollten jetzt nur noch zu den Stühlen am Tisch. Ashby drückte Bryce an sich, als Rose den Kopf senkte, um ein kurzes Gebet über den Snack zu sprechen. Es war eine rührende Szene. Ashby schloss sich schweigend Rose' Gebet an und dankte dem Herrn dafür, dass die Kinder in Sicherheit waren.

„Ich denke, das bedeutet, dass du nach deiner Teilnahme am Ferkelfangen keine Einladungen zu einem Date bekommen hast?", fragte Rose.

„Nein", sagte sie, „fast zwei Tage und nichts, doch ... ich habe gestern eine Einladung zum Mittagessen bekommen."

„Lass mich raten: Dan."

Sie nickte. „Nicht, dass ich das als echte Einladung betrachte. Er geht mit jeder Frau aus. Er hat wahrscheinlich schon jedes neue Gesicht in der Stadt zum Abendessen eingeladen."

„Bist du eifersüchtig?", fragte Rose.

„Sei nicht lächerlich. Wie kommst du auf sowas?"

„Ashby, jeder kann sehen, dass bei euch die Funken

fliegen wie bei zwei Feuersteinen!"

„Das scheint normal bei ihm zu sein." Sie gab Bryce einen letzten Kuss auf den Kopf, reichte ihn Rose und vermisste ihn sofort in ihren Armen. „Ich meine, wirklich, spürst du keine Elektrizität, wenn er einen Raum betritt? Er ist einfach so."

Rose' dunkle Augen flackerten. „Nicht wirklich. Er sieht gut aus, aber er ist nicht mein Typ. Du scheinst das anders zu sehen."

„Nein, tue ich nicht. Er und ich sind derartige Gegensätze, dass wir auf der Kompatibilitätsskala einen Kreis bilden."

Rose runzelte die Stirn. „Ist das nicht eine gute Sache? So ergänzen sich zwei Menschen. Du weißt schon, wie die Farben eines Farbkreises."

„So leid es mir tut, das zu sagen, aber ich habe nie viel Wert auf sowas gelegt. Glaub mir. Dieser Mann und ich passen nicht zusammen."

Rose lächelte. „Ihr passt vielleicht nicht zusammen, aber ihr sorgt für gute Unterhaltung."

Ashby war sich nicht sicher, was sie dazu sagen sollte, und winkte nur zum Abschied, bevor sie den Flur entlang in Richtung der Klasse für Singles ging. Sie blieb vor der Tür stehen, strich ihren eisblauen Seidenrock glatt und richtete ihre Halskette, die Bryce mit seiner kleinen Hand verdreht hatte, gerade. Das süße

Baby liebte alles, was glitzerte. Sie hatte aus Erfahrung gelernt, in der Krabbelstube keine baumelnden Ohrringe zu tragen.

Als sie die Tür öffnete und eintrat, richteten sich alle Augen auf sie. Ihr Herz verknotete sich, als sie sah, dass es nur einen leeren Stuhl im Raum gab. Neben Dan.

Er klopfte mit der Hand darauf. „Miss Templeton! Ich habe einen Platz nur für dich frei gehalten, Darlin'."

Ihre Augen verengten sich. „Vielen Dank, *Mr. Dawson*. Und zu denken ich hatte Angst, ich müsste in der Ecke stehen, weil ich mich verspätet habe ..."

Sie war sich der lächelnden Gesichter im Raum nur allzu bewusst. Lance Yates saß hinten, und sie fragte sich, warum ein netter Mann wie er ihr keinen Stuhl hatte reservieren können. Er war der Typ Mann, in den sie sich verlieben konnte. Attraktiv und ruhig.

Widerwillig nahm sie Platz und wäre fast wieder aufgesprungen, als Dan sich zu ihr beugte.

„Nicht, wenn ich etwas zu sagen habe. Meine Mutter hat mir beigebracht, einer Lady immer meinen Stuhl anzubieten." Sein Atem kitzelte die empfindliche Haut ihres Halses und ruinierte effektiv ihre Chance auf eine schlagfertige Antwort.

Sheriff Brady lenkte die Klasse dorthin zurück, wo er gewesen war, als sie ihn unterbrochen hatte. Er achtete sehr auf Details und war immer gut vorbereitet mit aufschlussreichen Ansichten über die Heilige Schrift. Er war ein geborener Lehrer. Und die Männer respektierten ihn. Dank ihm tauchten am Sonntagmorgen immer mehr Cowboys auf. Es wurde natürlich gemunkelt, dass er einige Bußgelder in gemeinnützige Arbeit und Zeit in der Sonntagsschule umwandelte. Das war die einzige Erklärung für einige der raueren Cowboys, die in unregelmäßigen Abständen auftauchten.

Ashby hatte sich gefragt, ob Dan deshalb jede Woche kam. Doch selbst sie glaubte das nicht wirklich. Es war absolut nichts Unbeholfenes oder Kindliches an seiner Vertrautheit mit Gottes Wort. Wissen, wie er es besaß, konnte nur vom Lesen und Studieren der Bibel stammen.

Sie hatte ein schlechtes Gewissen, dass sie ihn am Tag zuvor einen Playboy genannt hatte. Das belastete sie während des gesamten Unterrichts, während sie seiner Teilnahme an den Diskussionen zuhörte. Zu ihrer Bestürzung hatte sie das Bedürfnis, die Bemerkung vom Vortag klarstellen zu müssen. Vielleicht auch von anderen Gelegenheiten. Sie ließ ihre Frustration, die nicht allein seine Schuld waren, an Dan aus. Er war ein Flirter und ging ihr regelmäßig unter die Haut, doch das eigentliche Problem ging tiefer. Er symbolisierte alles, wonach sie nicht suchte.

Sie suchte während des gesamten Unterrichts Ausreden, warum sie sich nicht entschuldigen musste, doch die Überzeugung, dass sie es tun musste, ließ nicht nach. Es führte kein Weg drum herum.

Als der Unterricht vorbei war, bat Brady Dan, dazubleiben, um ein Problem zu besprechen, das mit der Arbeit zu tun hatte. Etwas über Hufeisen und Heu. Ashby war erleichtert, weil es allen anderen Zeit gab, zum Gottesdienst in der Kirche zu gehen. Sie war zu dem Schluss gekommen, dass sie sich mit Dan vertragen musste, doch dabei musste nicht die ganze Welt zuhören. Sie wartete geduldig im Flur, während alle anderen an ihr vorbeiströmten.

„Hey, Ashby", sagte Lance und blieb neben ihr stehen. „Schöner Tag."

„Ja, das ist es", sagte sie und blickte zu ihm auf. Er war wirklich ein gutaussehender Mann mit sandblonden Haaren und braunen Augen. Aus heiterem Himmel verglich sie seine sanften Augen mit Dans eindringlichen. Sie verdrängte den verstörenden Gedanken und lächelte ihn an. „Brady hat einen schönen Vortrag gehalten, findest du nicht?"

„Ich mag seinen Unterricht." Lance räusperte sich und klopfte mit dem Hut gegen seinen Oberschenkel. „Du hast neulich wirklich gute Arbeit mit dem Ferkel geleistet." Seine Augen leuchteten ein wenig auf, als er das Kompliment machte. Ashbys Stimmung hob sich. Vielleicht würde er sie auf ein Date einladen.

„Dan hat dich nach Hause gebracht?"

Sie nickte. „Gott sei Dank. Ich war in einer schrecklichen Verfassung. Er ist zu meiner Rettung gekommen." Warum hatte sie das gesagt?

Lance sah ein wenig unbehaglich aus. „Also, ich wollte nur Hallo sagen. Wir sehen uns später."

Ashby war ein bisschen ratlos angesichts des unbeholfenen Austauschs und blickte ihm nach. Zumindest konnte sie mit diesem Mann sprechen, ohne das Gefühl zu haben, in einem Gewitter auf dem Oberdeck eines Schiffes zu stehen – so fühlte sie sich mit Dan. Was brauchte er so lange? Was auch immer die beiden Männer besprachen, zog sich hin, und sie wurde nervös. Vielleicht sollte sie das woanders versuchen.

Sie wollte gerade gehen, als die beiden Männer aus dem Zimmer kamen.

„Hey, Ashby", sagte Brady. „Wolltest du irgendwas von mir wissen? Tut mir leid. Dan hilft mir später, und wir haben uns festgequatscht, als wir über das gesprochen haben, was wir vorhaben."

„Oh, schon okay." Sie begegnete Dans Blick, und diese lästige Elektrizität zischte um sie herum. Besonders, als er ihr zuzwinkerte. „Eigentlich wollte ich mit Dan sprechen." Sie wollte unter der Fußmatte verschwinden, als Bradys wissendes Lächeln breiter wurde.

„So, so", sagte er. „Warum hast du das nicht gesagt? War schön, euch beide heute im Unterricht gehabt zu haben."

Dans Grinsen spiegelte Bradys wider, und er lehnte sich erwartungsvoll an die Wand. Wusste er nicht, wie er man aufrecht stand?

In dem Moment, als der andere Mann sie verließ, wirbelte Ashby zu ihm herum, die geplante Entschuldigung bereits in Vergessenheit geraten. „Was stimmt nicht mit dir?"

„Mit mir? Du hast gesagt, du wolltest mit mir reden. Was habe ich getan?"

Sie kniff die Augen zusammen und stemmte die Hände in die Hüften. „Das Zwinkern, das Flirten. Das Grinsen. Es ist, als ob eine Frau kein anständiges Gespräch mit dir führen kann, weil du es immer mit deinem – mit deinem nervigen, herablassenden Verhalten – vermasseln musst!"

Warum konnten manche Männer einfach nicht erwachsen werden?

Er musterte sie für einen langen Moment, als sie darum kämpfte, ihren untypischen Ausbruch unter Kontrolle zu bekommen.

„Wovor hast du Angst?", fragte er mit sanfter Stimme, und sein Blick drang bis in ihre Seele.

Sie wünschte, er würde aufhören, ihr diese Frage zu stellen. Sie brachte sie immer aus dem Gleichgewicht. „Nichts", zischte sie und entfernte sich von ihm.

„Ash, ein bisschen Flirten tut doch nicht weh, oder? Da ist doch definitiv nichts Beleidigendes dran."

Sie suchte verzweifelt nach einem plausiblen Grund für ihren Ausbruch. Stevens Verrat kam ihr in den Sinn, doch Dan bedeutete ihr nichts. Warum ging er ihr also so unter die Haut?

„Es gibt eine Zeit und einen Ort dafür, und die Kirche ist sicher nicht der Ort."

Er verschränkte die Arme, neigte den Kopf zur Seite und musterte sie. „Du hast Recht. Tut mir leid." Sie war darauf vorbereitet gewesen, die Unangemessenheit der Situation im Detail zu beschreiben, doch seine Zustimmung entwaffnete sie.

Er beugte sich zu ihr vor. „Wenn sich jemand entschuldigt, sagt der Beleidigte normalerweise etwas. Du weißt schon: ‚Vielen Dank, mein Lieber, für die schnelle und herzliche Entschuldigung.'" Er zog seine perfekte Augenbraue hoch. „Komm schon, versuch es."

So viel zu seiner Entschuldigung. Sie gab auf, schüttelte den Kopf, ging hinaus und marschierte den

Pfad zum Eingang der Kirche entlang. Dieser Mann konnte nicht einen Moment ernst sein. Er war unverbesserlich. Sie hatte es einmal gesagt, und sie sagte es noch einmal. Und zu denken, dass sie sich bei ihm hatte entschuldigen wollen!

KAPITEL SECHS

Dan sah zu, wie Ashby davon stakste, und spürte einen Anflug von Schuldgefühlen, da er zu weit gegangen war. Er holte sie an der Tür ein. „Ash, warte. Es tut mir leid. Wirklich. Normalerweise bin ich nicht so ..."

Sie durchbohrte ihn mit einem feurigen Blick, und er vergaß den Rest des Satzes. Sie standen vor dem Eingang. Die Türen waren bereits geschlossen, und er konnte Miss Adela am Klavier hören, das Signal, dass es Zeit war, die Plätze einzunehmen.

„Normalerweise nicht so was? Unhöflich, anmaßend, von dir selbst eingenommen?"

Sein Kiefermuskel zuckte. „Wow, das ist selbst für dich ein bisschen hart, Ash."

Sie blickte kurz in die Ferne und dann mit zerknirschter Miene zu ihm zurück.

„Vielleicht habe ich überreagiert." Sie klang, als könnte sie nicht wirklich fassen, dass das passiert sein konnte. „Aber meinst du das jemals ernst?"

„Nur wenn es sein muss." Er lächelte und hoffte, die Stimmung aufzuhellen, doch sie schätzte seinen Humor überhaupt nicht. Nein, ihr Gesicht rötete sich nur noch mehr.

„Denkst du, dass Frauen nicht genug Verstand im Kopf haben, um ein Gespräch zu führen, das nicht mit einem Augenzwinkern, einem Witz oder einer dummen Anmache beginnt?", fragte sie. „Nur damit du es weißt, wir sind durchaus dazu in der Lage." Sie riss die Tür auf und ging in die volle Kirche.

Verblüfft über die Tirade blieb Dan in der Tür stehen und sah zu, wie sie den Mittelgang hinaufstapfte. Sie nahm in einer bereits ziemlich vollen Bank Platz und ließ alle wie Dominos zusammenrutschen.

„Vielleicht hast du ganz schön überreagiert", murmelte er, trat ein und setzte sich auf einen freien Platz in der hinteren Reihe neben Applegate Thornton. Der ältere Mann grinste.

„Schon wieder einen Korb von ihr bekommen?", fragte er laut genug, dass alle innerhalb von vier Reihen mithören konnten.

Dan spürte, wie seine Augen in seine Richtung blickten. „Sowas in der Art", brummte er und nahm ein

Gesangbuch in die Hand.

Er *sprach* mit Frauen. Er flirtete nicht nur. Außerdem brachte Flirten Frauen normalerweise zum Lächeln.

Stures Weib. Er war in die Kirche gekommen, um zum Herrn zu beten, doch als der Gottesdienst begann, fiel es ihm schwer, an etwas anderes zu denken, als an die dickköpfige Frau sechs Reihen vor ihm. Sie tat so, als hätte er die gesamte Emanzipationsbewegung mit einem Augenzwinkern zum Scheitern verurteilt! Ihre Vorwürfe gingen ihm wirklich gegen den Strich.

Er war in Gedanken versunken und steigerte sich immer weiter hinein, als Brady plötzlich aufstand und aus seiner Bank eilte. In seiner Hand hielt er den Notfall-Piepser, den er am Gürtel trug, und als er aus der Tür ging, hatte er Dans volle Aufmerksamkeit. Wegen Mule Hollows überschaubarer Größe war Brady nicht nur der Sheriff, sondern auch der Hauptansprechpartner für alle Notfallsituationen. Alle halfen, wenn es nötig war, und als Brady verschwand, behielt Dan die Tür im Auge, da er wusste, dass er zurückkommen und Hilfe rekrutieren würde, wenn die Situation es erforderte.

Obwohl er leise gegangen war, waren alle von dem Lied, das sie sangen, abgelenkt, als ihnen klar wurde, was sein Verschwinden bedeutete. Ein Notfall in einer Kleinstadt konnte alles sein, von einer Kuh, die in einem

Graben festsaß, bis zu einem Neunachser, der an einer Kreuzung umgestürzt war. Brände und Krankheiten standen ganz oben auf der Liste der Dinge, die passieren konnten.

Nur kurz, nachdem Brady hinausgegangen war, war er zurück. Mit grimmigem Gesicht trat er ein und begegnete Dans Blick.

Ein ungutes Gefühl durchfuhr Dan, als er aufstand und auf ihn zuging. „Was ist los, Brady?"

Die Musik hörte auf zu spielen, und alle in der kleinen Kirche verstummten.

„Es ist dein Haus, Dan. Es brennt."

Es war ziemlich nutzlos zu versuchen, die Bewohner einer Kleinstadt daran zu hindern, zu einem Feuer zu eilen, also versuchte Sheriff Brady es nicht. Ashby sah zu, wie Dan zu seinem Truck rannte. Clint Matlock, Bob Jacobs und die anderen Männer, die zur freiwilligen Feuerwehr von Mule Hollow gehörten, waren direkt hinter ihm, als sie sich auf den Weg zurück in den Ort machten, um die Ausrüstung und das Feuerwehrauto von Mule Hollow zu holen. Es war ein älteres Modell, das mit einem großen Wassertank ausgestattet war. Auf dem Land gab es keine Hydranten, die man hätte benutzen können, und wenn das Wasser vor dem Feuer ausging, siegte das Feuer. Ashby wusste genauso gut wie jeder andere, dass es schlecht aussah, wenn das Feuer schon lange brannte. Angesichts der Zeit, die nötig war, um zum Feuerwehrauto und von dort zu Dan zu gelangen, hatten die Männer kaum eine Chance, zu retten, was in Flammen stand. Das Beste, worauf sie hoffen konnten, war, zu verhindern, dass das Feuer auf die umliegenden Häuser übergriff oder das Vieh gefährdete.

Das Gebet floss unaufhörlich von Ashbys Lippen, als sie den anderen die acht Meilen zu Dans Farm folgte. Sie war weniger als begeistert von dem Mann, doch es tat ihr leid, dass ihm das passierte.

Dem dicken dunklen Rauch, der in den blauen Himmel stieg, war deutlich anzusehen, dass das Feuer groß war. Ashby betete inbrünstig, dass Gott Dans Tiere und diejenigen, die gegen die Flammen kämpfen würden, beschützen möge, insbesondere Dan.

Schuldgefühle nagten an ihr. Sie hatte ihn vorhin vielleicht ein bisschen hart verurteilt, doch sie wusste, dass, wenn Dans Scheune brannte und Tiere in Gefahr waren, er sich ohne zu zögern in die Flammen stürzen würde, um sie zu retten.

Vor ihnen bog Brady in Dans Auffahrt ein. Sekunden später holperten Ashby und die Karawane aus der Kirche über das Weiderost und bogen von der Straße auf die Weide ein. Sie mussten die Schotterauffahrt freilassen, damit das Feuerwehrauto durchkommen konnte.

Ashbys Herz sank, als sie aus ihrem Auto stieg. Schwarzer Rauch stieg aus Dans Haus auf, und Flammen brachen an mehreren Stellen durch das Dach. Alle rannten über das Gras und hofften, auf irgendeine Weise helfen zu können. Die Männer riefen Anweisungen, und die Frauen, insbesondere Norma Sue und Esther Mae, gaben sie weiter. Ashby hörte alles um sich herum wie aus der Ferne, wie das statische Rauschen mehrerer Radiosender, die darum kämpften, gehört zu werden. Ihre Aufmerksamkeit richtete sich auf Dans Zuhause vor ihr und den Rauch, der aus der offenen Haustür waberte.

Sie bemühte sich, wieder zu Atem zu kommen, und spürte, wie ihr Herz in ihren Ohren pochte, als sie hinter Sheriff Bradys Truck stehenblieb. Sie sah sich hustend um. Wo war Dan?

Nirgends zu sehen. Ihr Blick fiel auf die offene Tür, und sie hatte das Gefühl, sich übergeben zu müssen. Das Haus brannte mit schrecklicher Intensität. War Dan da drin?

Entsetzt wurde ihr klar, dass Brady das glauben musste, denn auf dem Weg zur Tür schnallte er sich seinen Sauerstofftank auf den Rücken.

Ashby konnte nicht fassen, was geschah. Sie hörte das Feuerwehrauto näherkommen. *Beeilt euch*, flehte sie innerlich. Während sie vor dem Haus stand, brach ein Teil des Daches ein, und sie schrie auf. Glühende Asche und Trümmer stoben in die Höhe und setzten das trockene Gras überall dort in Brand, wo es landete. Sie kannte wie jeder andere die Gefahr, doch alles, woran sie denken konnte, war, dass Dan irgendwo in diesem brennenden Haus verschwunden war. Und Brady folgte ihm.

Wie Ameisen strömten die Leute los, um die Feuer zu löschen, die überall auf dem Hof ausbrachen, bevor sie außer Kontrolle geraten konnten. Doch Ashby konnte sich nicht bewegen, wahnsinnig vor Angst. Das Feuerwehrauto rumpelte schließlich über das Weiderost, und sie war erleichtert zu wissen, dass es hier war. Doch es war zu spät für das Haus.

Plötzlich, bevor Brady es überhaupt hineingeschafft hatte, stolperte Dan aus der Tür, eingehüllt in schwarzen Rauch. Brady packte ihn, gerade als er zusammenbrach. Da setzte sich Ashby in Bewegung, wissend, dass die Männer immer noch in Gefahr waren. Zuerst griff sie nach dem Bilderrahmen, den Dan umklammerte, dann schob sie sich unter seinen Arm und half Brady, ihn vom Haus wegzubringen.

Er hustete so heftig, dass er nicht aufrecht stehen

konnte, als sie den Truck erreichten. Brady riss die Heckklappe herunter, sagte ihm, er solle sich setzen, und gab ihm Sauerstoff.

„Pass auf ihn auf, Ashby. Und lass ihn keine dummen Stunts mehr machen. Der Krankenwagen ist auf dem Weg."

Ashby nickte und begegnete Dans geröteten Augen über dem Rand der Sauerstoffmaske. Und was tat dieser Mann? Er zwinkerte ihr zu!

Brady drückte ihre Schulter. „Im Wagen sind Wasserflaschen. Kannst du ihm eine holen? Und ruf mich, wenn du mich brauchst."

Ashby nickte erneut und ging zum Wasser, als Brady davoneilte. Sie holte eine Flasche aus der Packung auf Bradys Rücksitz. Offensichtlich war er gerne vorbereitet.

Dan hustete immer noch, als sie das Bild neben ihn auf die Heckklappe legte. Er nahm ihr das Wasser ab, und nach ein paar Schlucken ließ sein Husten etwas nach.

„Musste das unbedingt ..."

„Nicht reden", sagte Ashby und drückte sanft die Sauerstoffmaske zurück auf sein Gesicht. Er sah sie an, als er tief Luft holte.

Dummer Mann. Sie warf einen Blick auf das Bild. Darauf waren er, ein paar Jahre jünger, und eine ältere

Frau, die ihm so ähnlich sah, dass sie seine Mutter sein musste. Ashby spürte die Tränen. Er hatte sein Leben für ein Foto seiner Mutter riskiert. Ihr Herz schmolz.

Sie begegnete seinem Blick. Hinter der Maske konnte sie ein schwaches Lächeln wahrnehmen. „Deine Mutter?", fragte sie, obwohl sie die Antwort wusste.

Er nickte. „Wichtig", keuchte er zwischen Husten. „Sie ist gestorben."

Ashby blickte zum Haus, als die Emotionen sie überwältigten und Tränen über ihre Wangen liefen. Er war in ein tobendes Feuer gegangen, um ein Foto seiner toten Mutter zu retten.

Sie wollte ihm sagen, dass es dumm war, sein Leben für ein Bild zu riskieren. Doch sie konnte es nicht.

Der Krankenwagen fuhr auf den Hof, und sie wischte sich die Feuchtigkeit von den Wangen und sah, dass er sie beobachtete, als sie das Einsatzfahrzeug zu ihnen herüberwinkte.

Er berührte ihren Arm. „Nicht weinen", hustete er heiser. „Alles nur Kram." Seine vom Rauch roten Augen hielten ihren Blick fest. Er hatte gerade alles verloren und tröstete *sie*. Bevor sie reagieren konnte, waren die Sanitäter da und baten sie, ihnen Platz zu machen.

Sie tat es, blieb jedoch in der Nähe. Zum ersten Mal

seit sie Dan Dawson kannte, erlaubte sie sich ihre Neugier auf ihn einzugestehen.

Das war's also, dachte Dan und stand in der Nähe des Aschehaufens, der bis vor vier Stunden sein Zuhause gewesen war. Teile des Hauses standen noch, verkohlt und schwelend. Das Dach war eingestürzt, und was noch drin war ... wenn das Feuer es nicht zerstört hatte, hatte das Wasser das erledigt. Es war fast einfacher, die Asche zu betrachten als die schmierigen Rückstände, die Feuer und Wasser auf den wenigen Dingen hinterlassen hatten, die ihm geblieben waren: Töpfe und Pfannen, gerahmte Bilder, die Bilder hinter dem Glas, durch den Rauch und das Wasser, das durch die Ränder gesickert war, waren zerstört.

Er dankte dem Herrn, dass er ihm Zeit gegeben hatte, das Bild von sich und seiner Mutter zu retten. Das war alles, was ihm jetzt von ihr blieb. Wenn er fünf Minuten später angekommen wäre, hätte er nicht mehr ins Haus rennen können, um das Bild von der Wand im Wohnzimmer zu schnappen. Brady hatte ihn wegen des Stunts nicht runtergeputzt, und Dan war sich sicher, dass der einzige Grund war, dass er wusste, dass es im Grunde nichts gebracht hätte. Der Sheriff hatte versucht, ihn dazu zu bewegen, ins Krankenhaus zu gehen, doch

Dan hatte sich geweigert. Das hatte weder die Sanitäter noch Ashby glücklich gemacht.

Er dachte an die Tränen, die er in ihren Augen gesehen hatte, und seine Brust schnürte sich noch weiter zu. Ihr zartes Herz hatte ihn berührt.

Die wachsende Liste dessen, was er tun musste, zwang seine Gedanken schnell von Ashby weg. Doch bis der Sachverständige morgen kommen würde, konnte er nicht viel tun. Morgen wollte er als erstes Kopien des Fotos anfertigen lassen und eine in ein Bankschließfach legen. Seine Mutter war eine besondere Frau gewesen, und der Gedanke, seinen Kindern eines Tages nicht ein Bild ihrer Großmutter zeigen zu können, war unerträglich. Er hatte nie eine stärkere Frau als seine Mutter gekannt. Sie hatte alles für ihn, ihr einziges Kind, riskiert – sogar ihr Leben ... Ihre Enkelkinder würden ein Bild von ihr sehen müssen, und dank der schützenden Hand des Herrn würden sie es tun ... das hieß, wenn er jemals welche hätte.

„Mann, das tut mir wirklich leid", sagte Clint und stellte sich neben ihn. „Wirklich eine Schande. Habe ich richtig gehört, dass Brady gesagt hat, dass es ein defektes Lampenkabel war?"

„Ist das zu fassen? Hat in der Steckdose neben meinem Bett gesteckt." Dan begegnete den mitfühlenden Augen seines Freundes und schaffte es, trotz der Situation zu lächeln. „Zumindest ist niemand verletzt worden."

„Das ist wenigstens was. Auch wenn du ein großes Risiko eingegangen bist. Geht's dir gut?"

Dan nickte.

„Ich wünschte, wir hätten mehr tun können", fügte Clint hinzu.

Dan wusste, dass er unter Schock stand, und dass er sich morgen vielleicht anders fühlen würde, doch ... „Es sind nur weltliche Besitztümer, Clint. Ich habe sowieso nie viel Wert auf Luxus gelegt."

„Ja, da muss ich dir Recht geben." Er warf einen Blick auf Lacy, die sich mit einer Gruppe von Frauen unterhielt. „Solange ich mit Lacy lebend aus sowas rauskommen würde, wäre das alles, was mir wichtig wäre."

Dan nickte. „Du hast klare Prioritäten."

„Schau, ich habe es ernst damit gemeint, dass du so lange wie nötig bei uns bleiben kannst."

Dan hatte so viele Angebote erhalten, dass sie alle verschwommen waren, doch diesmal nahm er an. „Danke, Kumpel, ich denke, ich werde es für heute Abend gerne in Anspruch nehmen. Morgen werde ich mir was anderes suchen. Könntest du mir jetzt helfen, alle dazu zu bringen, nach Hause zu gehen? Ich weiß, dass alle helfen wollen, aber heute kann niemand mehr was tun."

Sie brauchten eine Weile, bis sie die Leute überzeugt hatten, doch schließlich kehrten alle zurück zu ihren Autos und machten sich für den Abend auf den Weg nach Hause. Dan bekam Umarmungen von allen Frauen und eine Menge Schulterklopfen von den Männern. Es waren alles gute Leute.

Er sah zu, wie alle abfuhren, und versprach, dass er gleich zu Clints Haus fahren würde, nachdem alle gegangen waren. So sehr er sie auch alle liebte, er war froh, sie gehen zu sehen. Er brauchte ein paar Momente allein.

KAPITEL SIEBEN

„**B**ist du sicher, dass du mich nicht mehr brauchst?", fragte Rose, Aufregung in ihrer Stimme.

Ashby blickte von ihrem Arbeitsplatz auf, wo sie an ihrer Website arbeitete.

„Ja, geh. Du musst dich heute um wichtigere Dinge kümmern. Es passiert nicht jeden Tag, dass dein Sohn vierzehn wird."

„Kannst du laut sagen! Es muss aber nicht mehr viel gemacht werden. Das Leben in einem Haus voller Bäckerinnen und Chocolatières hat seine Vorteile."

Ashby konnte sich nur vorstellen, was Max und seine Freunde heute Abend erwartete. Sie lachte. Dottie leitete das Frauenhaus und brachte den Frauen das Handwerk der Süßwarenherstellung und des Backens sowie grundlegende geschäftliche Fähigkeiten bei. Ihr

Dienst für den Herrn passte wunderbar zu ihrer Arbeit mit den Frauen. Und Mule Hollow.

„Du kommst doch, oder?" Rose holte ihre Handtasche unter der Theke hervor, neben der Ashby saß und auf den Computerbildschirm starrte.

„Sieben Uhr. Ich werde da sein."

Rose warf einen Blick auf das Kleid, das Ashby ansah. „Das ist schön. Bestellst du es für das Geschäft oder exklusiv für die Website?"

„Es ist für die Website, aber ich denke, ich werde hier ein paar für uns bestellen."

Rose sah sich in der bunten Mischung modischer Kleider um, mit denen Ashby den Laden gefüllt hatte.

„Dieser Laden ist unglaublich", sagte sie.

Ashby lächelte stolz. Da sie eine erfolgreiche Website aufgebaut hatte, die sich an eine wohlhabende Kundschaft richtete, konnte sie einige dieser Artikel unter die wunderbare Auswahl an Waren in einer Preisklasse mischen, die für den durchschnittlichen Käufer, von denen es viele in Mule Hollow gab, erschwinglich waren.

Ashby freute sich darauf, in das Herz des Texas Hill Country zu reisen und nach talentierten Handwerkern zu suchen, die einzigartige Waren herstellten, zum Beispiel die perlenbesetzten Jeansjacken und handgefertigten Ledergürtel, die alle liebten.

„Du hast eine Gabe, Ashby. Ich hätte nie gedacht, dass ich an einem Ort wie diesem arbeiten würde. Oder dass Max in einer so wunderbaren Umgebung wie Mule Hollow seinen vierzehnten Geburtstag feiern wird."

Ashby umarmte sie. „Die Stadt kann sich glücklich schätzen, dich hier zu haben. Und ich könnte nicht ohne dich auskommen. Jetzt geh, oder du musst dich hetzen."

„Ja. Wir sehen uns später."

Ashby fühlte sich gesegnet, als sie Rose nachblickte. Es gab nie genug Stunden am Tag, um ihre Website und den Laden allein in Topzustand zu halten. Rose half ihr dabei und gab ihr die Möglichkeit, hier und da einen Tag freizunehmen.

Zum Beispiel morgen Nachmittag, wenn sie Dan beim Aufräumen helfen würde. Seit dem Brand vor fast einer Woche hatte sie nicht viel von ihm gesehen. Doch sie hatte an ihn gedacht. Genauer gesagt mehr als das. Sie konnte nicht aufhören, an ihn zu denken.

Sie hatte sich immer wieder gesagt, dass sich an ihm nichts geändert hatte. Er war in sein Haus gegangen, um ein Foto seiner Mutter zu retten. Es änderte nichts an dem Mann, wie sie ihn kannte.

Um fünf Uhr schloss sie den Laden und ging den Bürgersteig hinunter zu ihrem Haus. Das schöne viktorianische Gebäude mit der weißen Fassadenverkleidung und den grünen Türmchen, das am westlichen Ende der Main Street lag, trug so viel zum Ambiente von Mule Hollow bei. Ashby liebte es, dort zu leben, obwohl in letzter Zeit ein reger Mieterwechsel stattgefunden hatte. Von allen Frauen, die ursprünglich Wohnungen gemietet hatten, als sie angekommen waren, war Ashby nun die Einzige, die noch übrig war. Die anderen hatten geheiratet und waren ausgezogen. Und der Zyklus begann mit neuen Bewohnerinnen von vorn. Die Wohnung ihr gegenüber war gerade leer geworden, und sie erwartete, jeden Tag jemanden einziehen zu sehen.

Sie kam gerade an Sam's Diner vorbei, als sie Adela, Norma Sue und Esther Mae draußen am grünen Picknicktisch sitzen sah. Als sie ihr winkten, sich ihnen anzuschließen, machte sie einen Abstecher zu ihnen.

„Setz dich und trink ein Glas Limonade", sagte Esther Mae.

Norma Sue tätschelte auf die leuchtend grüne Bank neben sich. Ashby ließ sich darauf nieder und nahm dankend das Glas, das Adela ihr reichte.

„Du kommst morgen zu Dan, um beim Aufräumen zu helfen, oder?", fragte Norma Sue.

„Ja. Rose ist für mich im Laden."

„Gut", sagte Esther Mae. „Es ist so schade, dass er alles verloren hat. Alles außer dem Bild seiner Mutter. Dieser Junge liebt seine Mutter über alles. Ashby, du weißt, dass Jungen, die ihre Mütter lieben, gute Ehemänner sind."

Ashby hoffte, dass dem so war, doch sie wusste nicht, ob es eine echte Statistik dafür gab oder ob es eine von Esther Maes Theorien war. Ihr wurde verspätet bewusst, dass sie hätte weitergehen sollen.

„Wir wissen, dass du dir da nicht so sicher bist, wenn es um unseren Dan geht. Aber er ist ein guter Mann", sagte Norma Sue.

Sie konnte zugeben, dass nach dem Brand eine gewisse Neugier auf ihn erwacht war, doch das änderte nichts an der Tatsache, dass er nicht zu ihr passte.

„Hat jemand von euch jemals nach einem Brand aufgeräumt?", fragte sie, in der Hoffnung, das Thema zu wechseln.

Adela nickte. „Du solltest keine Kleider tragen, die du nicht ruinieren willst. Diesen Ruß bekommt man nur schwer wieder raus."

„Du weißt, dass der Junge nicht aufgehört hat zu arbeiten", wechselte Norma Sue unvermittelt das Thema. „Lacy sagt, er macht weiter, als wäre nichts passiert. Ist vorgestern irgendwo hingefahren, um eine Ladung Vieh zu holen. Der arme Junge hat noch nicht einmal ein Bett, das er sein Eigen nennen kann, aber er arbeitet so hart wie immer. Und zu denken, alles wegen eines dummen Lampenkabels. Ich kann nur sagen, dass die Wege des Herrn unergründlich sind."

Adela lächelte und begegnete Norma Sues mitfühlendem Blick. „Ja, so ist es, also mach dir keine Sorgen."

Ashby war sich nicht sicher, was sie damit meinten, dass die Wege des Herrn unergründlich waren, wenn es um Dans Feuer ging, doch sie wusste, dass sie nicht ruhen würden, bis er wieder ein Dach über dem Kopf hatte. Obwohl sie sich sicher war, dass Clint und Lacy wollen würden, dass er so lange wie nötig bei ihnen blieb.

„Nun, ich habe eure Gesellschaft genossen, aber ich muss nach Hause und mich umziehen. Ich soll auf Max' Geburtstagsfeier helfen."

„Oh, das finde ich großartig", rief Esther Mae etwas zu begeistert aus. Ashby sah sie fragend an, und die Frau wurde so purpurrot wie ihre Haare. „Du weißt, was ich meine. Es ist gut, dass Rose eine Freundin wie dich hat. Und zu denken, dass der kleine Max schon vierzehn wird. Natürlich brauchen sie Hilfe da draußen, wenn all diese wilden Jungs da rumrennen. Ich hoffe wirklich, dass auch ein paar Männer da sind, die helfen."

Norma Sues und Adelas Gesichter waren verdächtig ausdruckslos. Ashby betrachtete Esther Maes.

„Sheriff Brady wird da sein. Ich bin sicher, er kann

mit allem umgehen, was die Teenager anstellen könnten." Sie stand auf. „Ich sollte jetzt besser gehen, wenn ich pünktlich sein will. Wir sehen uns morgen."

„Viel Spaß heute Abend da draußen, Ashby", sagte Norma Sue, und ihr Lächeln breitete sich schelmisch über ihr rundes Gesicht aus.

Ashby verabschiedete sich schnell, überquerte dann die Straße und ging direkt zu ihrer Wohnung. Als sie an Norma Sues Lächeln dachte, hatte sie das Gefühl, etwas entkommen zu sein.

Das Haus war still, als sie die Stufen hinaufging, die zu ihrer Wohnung führten. Was hatten die Frauen vor? Sie hatten so ausgesehen, als führten sie etwas im Schilde. Sie steckte den Schlüssel ins Schloss ihrer Tür, als sie schwere Schritte auf der Treppe hinter sich hörte. Sie drehte sich gerade um, als Dan Dawson um die Ecke des Treppenabsatzes kam. Er war ganz in Schwarz gekleidet vom Stetson, der seine schwarzen Haare bedeckte, bis zu seinen Stiefeln. All das Schwarz ließ seine blauen Augen besonders leuchten.

Dieser Mann war einfach umwerfend schön.

Er nahm seinen Hut ab und hielt ihn in einer Hand. „Hallo Ash", sagte er, und seine Lippen verzogen sich zu einem trägen Lächeln, das seine Augen traumhaft aussehen ließ. Oder vielleicht ließen sie Ashby nur träumen, weil sie nicht auf ihn vorbereitet gewesen war.

„Hallo", sagte sie, obwohl ihr Hals trocken geworden war. „Wie geht's dir?" Sie meinte sowohl emotional als auch körperlich. Sie fragte sich, ob er aufgehört hatte zu husten.

„Ganz gut." Er klopfte sich auf die Brust. „Ich habe vor ein paar Tagen aufgehört zu husten. Danke, dass du dich um mich gekümmert hast. Ich hätte früher vorbeikommen sollen."

Er war gekommen, um ihr zu danken. Die Idee gefiel ihr. „Habe ich gern gemacht. Alle scharren schon mit den Hufen, morgen rauszukommen und mit den Aufräumarbeiten zu beginnen."

Er nickte. „Alles gute Leute. Kommst du auch?"

Sie spürte, wie ihr Magen flatterte, als sein Lächeln sie zu berühren schien. Sie nickte und brachte ihn kurz zum Lächeln.

„Ich freue mich, dich da zu sehen und Hilfe beim Aufräumen zu haben. Ich habe die ganze Zeit versucht, eine Liste für die Versicherungsgesellschaft zu schreiben."

Ashby fühlte sich unbehaglich, als sie einfach nur dastand, ihre Hand am Türrahmen. Sie traute sich nicht, ihre Hand weiter zu bewegen, um seinen Arm zu tätscheln.

„Es tut mir wirklich leid. Ich weiß, dass es hart ist." Er klopfte mit nachdenklichem Gesichtsausdruck seinen Hut gegen seinen Oberschenkel. „Wie die Bibel sagt, sind wir mit nichts auf diese Welt gekommen und werden mit nichts gehen."

„Das ist wahr. Trotzdem muss es wehtun." Ashby bemerkte, dass er nicht am Boden zerstört aussah.

Seine Lippen wurden dünner, und er sah sie direkt an. „Ich habe vor langer Zeit gelernt, dass es einige Dinge gibt, die man nicht kontrollieren kann. Und das Geheimnis, sie nicht die Kontrolle über einen haben zu lassen, ist einfach, es nicht zuzulassen. Wenn man versteht, was wichtig ist, ist es nicht so schwer. Wenn jemand in diesem Feuer gestorben wäre, hätte ich etwas verloren. So war alles, was ich verloren habe, ein paar Möbel."

„Dir ist klar, dass du in dem Feuer hättest sterben können, oder? Aber ich verstehe. Jeder, der gedacht hätte, dass es eine vernünftige Chance gibt, wieder lebend herauszukommen, hätte dasselbe getan."

„Ich habe mich ziemlich gut gefühlt, als ich reingegangen bin. Aber ich weiß auch, dass ich sie immer noch in meinem Herzen hätte, so sehr ich es auch hasse, mir vorzustellen, kein Foto von meiner Mutter zu haben, wenn es verbrannt wäre."

Ashby war gerührt. Dan und sie hatten noch nie ein ernsthaftes Gespräch geführt. Selbst an dem Tag, an dem sie das lächerliche Radrennen überstanden hatten, waren sie zu beschäftigt damit gewesen, sich zu streiten.

„Ich bin froh, dass du das Bild hast. Wie lange ist deine Mutter schon tot?"

„Sechs Jahre. Sie war eine bemerkenswerte Frau."

Esther Maes Worte flatterten durch Ashbys Gedanken. „Du musst mir irgendwann von ihr erzählen."

Er lächelte. „Vielleicht tue ich das."

Ihre Blicke begegneten sich und hielten einander fest. Ashby lächelte. „Du, ich muss gehen. Ich muss mich umziehen. Suchst du jemanden hier?"

„Nein, ich sehe mir nur meine neue Bleibe an."

Ashby begegnete seinen funkelnden Augen. „Neue Bleibe?"

Er nickte mit dem Kopf zur Tür hinter sich. „Meine neue Wohnung für die nächsten Monate."

Nichts hätte Ashby mehr überraschen können. „Du ziehst ein? Hier?" Sie klang so dumm wie ein Ziegelstein.

„Ja", sagte er und zwinkerte. „Howdy, Nachbarin."

KAPITEL ACHT

E s war eine harte Woche gewesen, doch Dan hatte sie hinter sich gebracht. Er hatte fünf Nächte bei Clint und Lacy übernachtet und diverse Ideen für seine Wohnarrangements der nächsten Monate durchdacht. Als Adela angerufen und ihm die kostenlose Nutzung der leerstehenden Wohnung in ihrem Haus angeboten hatte, hatte ihm die Idee sofort gefallen. Er hatte natürlich darauf bestanden, Miete zu zahlen. Sie war vielleicht ein zierliches Persönchen, doch sie war schwer zu überzeugen gewesen. Selbst nachdem er erklärt hatte, dass seine Versicherung ihm die Miete während des Wiederaufbaus seines Hauses erstatten würde, war sie stur geblieben und hatte sich geweigert, ihn zahlen zu lassen. Am Ende hatten sie sich darauf geeinigt, dass sie die Miete an das Frauenhaus spenden würde. Beide waren mit dieser Lösung zufrieden.

Erst, als er die Treppe hinaufgegangen und Ashby begegnet war, war ihm klargeworden, dass das Leben hier einen zusätzlichen Vorteil haben könnte. Er würde sich nicht langweilen, das war sicher. Nicht, dass er viel Zeit hier verbringen würde. Trotzdem musste er zugeben, dass er die Idee ansprechend fand. Viel ansprechender als ein Lager in seiner Scheune aufzuschlagen, worüber er nachgedacht hatte, bevor Adela ihm die Wohnung angeboten hatte. Er hätte bei Clint bleiben können, doch seiner Schätzung nach würde es fünf Monate dauern, bis sein Haus bezugsfertig war. Das war zu lang, um die Gastfreundschaft seines Freundes zu strapazieren.

Als er Ashbys verblüfften Gesichtsausdruck betrachtete, wusste er, dass sie seine Gefühle nicht teilte. Der Gedanke störte ihn. „Hey, du hast mir gerade gesagt, wie schön es war, mich zu sehen."

Sie wurde blass. „Oh, ja. Ich meine, es ist großartig, dass du einziehst."

Dan fand sie hübsch in ihrem geröteten, nervösen Zustand. Ja, das konnte sehr reizvoll werden. Er zog seinen Schlüssel aus der Tasche. „Lust, einen Blick reinzuwerfen?"

„Nicht wirklich. Ich muss gehen. Ich muss mich für Max' Geburtstagsfeier fertig machen –"

„Hey, da gehe ich auch hin." Er steckte den

Schlüssel ins Schloss und ließ die Tür aufschwingen. „Komm schon. Nur eine kurze Tour. Du kannst mir die Insiderperspektive geben." Er konnte sehen, dass sie schwankte, also versuchte er es mit einem mitleiderregenden Ausdruck, um sie zu überzeugen.

Sie gab nach. „Okay, eine kurze Tour."

„Nach dir." Er trat zurück und ließ sie eintreten.

„Du wirst alles neu brauchen", sagte sie, sobald sie in der kahlen Wohnung waren.

„Nicht wirklich. Ich werde wahrscheinlich nur das Nötigste besorgen. Was zum Schlafen und einen Sessel. Vielleicht einen Kochtopf."

Er war überrascht, als sie herumwirbelte, um ihn anzusehen. Sie war wunderschön, wenn sie so besorgt war, ihre großen smaragdgrünen Augen weit aufgerissen.

„Das wirst du nicht! Ich bin mir sicher, dass jeder mitmachen und gerne helfen würde, die Wohnung für dich einzurichten."

„Ash, es ist okay. War nur ein Witz. Ich kaufe auch eine Pfanne." Die Frau verstand wirklich keinen Spaß.

Ihre Augen funkelten, als sie den Mund schloss. „Das ist die Küche." Sie machte eine ausladende Geste in eine kleine Pantryküche mit Eichenschränken und weißen Einbaugeräten. Dann schob sie sich an ihm vorbei und stürmte zur Tür, die vom Wohnzimmer abging. „Das ist dein Badezimmer, und hier ..." Sie trat einen Schritt zurück zur zweiten Tür. „... ist das Schlafzimmer. Das ist alles. Klein, aber gemütlich. Ich bin sicher, dass du und dein Kochtopf hier sehr glücklich werdet."

„Ärgert es dich, dass ich Witze machen kann?"

Sie verschränkte die Arme mit einem Schnauben und ließ ihre Haare an ihrem Kiefer schwingen. „Ja, das tut es. Ich denke, dass du mehr leidest, als du zugibst, und du versteckst dich wie immer hinter dieser witzelnden Fassade."

Ihre Augen begegneten einander, und er hielt ihren Blick einen Moment lang fest. „Glaubst du, ich lebe eine Lüge?"

Sie wandte den Blick kurz ab. „Nun, nicht unbedingt eine Lüge. Aber ich denke, du ..."

„Du kennst mich nicht gut genug, um auch nur ansatzweise zu verstehen, was ich denke, Ash. Du bildest dir ein Urteil über mich, aber du willst nicht einmal versuchen, mich kennenzulernen."

„Du hast Recht", sagte sie und ging zur Tür. „Ich kenne dich nicht. Und ich verstehe dich definitiv nicht. Und ich denke, du hast mich jetzt schon mehrere Male darauf hingewiesen."

„Nur, weil ich weiter hoffe, dass du mich vielleicht irgendwann besser kennenlernen willst."

„Ich habe dir bereits gesagt, dass das nicht funktionieren würde. Es wäre Zeitverschwendung für uns beide. Mir tut wirklich leid, was passiert ist, aber sonst hat sich zwischen uns nichts geändert. "

Sie ließ ihn in seiner neuen Wohnung stehen. Manchmal schoss diese Frau Feuer aus ihren Augen, wenn er etwas sagte, womit sie nicht einverstanden war. Es war intensiv genug, um alles andere verblassen zu lassen, wenn es passierte. Und es hatte keinen Sinn, zu versuchen, es wegzuerklären ...

„Du weißt, ich bin kein Typ, der leicht aufgibt", rief er ihr nach. „Besonders bei etwas, das sich lohnt."

Als sie ihre Tür zuschlug, musste er lachen. Das konnte sich als sehr interessantes Wohnarrangement erweisen.

Die eigentliche Feier für Max war, dass einige der Männer ihn, seinen besten Freund Gil, der die Straße hinunter wohnte, und ein paar Jungs von der Schule zum Camping mitnahmen. Rose hatte es vorgeschlagen, wollte aber mit Kuchen und Limonade feiern, bevor die Jungs losfuhren.

Ashby war dabei, Cola aus der Küche zu holen, als Dan hereinkam. Sie hatte gesehen, wie er herumstolziert war wie ein Pfau und mit allen Frauen geflirtet hatte, besonders mit Stacy, und sie hatte mit eigenen Augen gesehen, wie alle auf ihn reagierten. Sogar Stacy, die mit niemandem viel sprach, unterhielt sich mit Dan. Sie schien sich in seiner Gegenwart tatsächlich zu entspannen. Das passierte sonst nie, auch nicht, wenn sie in einem Raum voller Frauen war. Ashby war sich nicht sicher, ob das gut oder schlecht war, doch sie musste zugeben, dass es bemerkenswert war.

Als hätten sie sich nicht vorhin gestritten, lächelte er, als er sie sah. „Sie haben mich geschickt, um dir zu helfen." Er streckte die Arme aus. „Dein Lastesel zu deinen Diensten."

Sie hatte den ernsten Ausdruck in seinen Augen noch nicht vergessen, als er ihr gesagt hatte, dass er hoffte, dass sie ihn kennenlernen wollte. Sie hatte sich sogar versucht gefühlt, ihm eine Chance zu geben, bis sie hier angekommen war und ihn bereits in Aktion gefunden hatte. Sie riss ihre Augen von seinem Lächeln los und eilte zu einer großen Kühlbox voller Getränke.

„Kannst du das tragen?", fragte sie und sah ihn kühl an.

Der Ausdruck, der über sein Gesicht huschte, war komisch, eine Mischung aus Empörung und Fassungslosigkeit. Sie musste seine Stimme nicht hören, um zu wissen, dass die Frage an seinem Ego nagte. Dan hob seinen Arm und spannte schnell seinen

Bizeps an, eine so männliche Reaktion, die sie fast zum Lachen brachte.

„Was denkst du?" In seinen Augen glitzerte der Schalk.

„Ich denke, eine dumme Frage verdient eine dumme Antwort."

Sein spontanes Lachen überraschte sie mit seiner Intensität; sie fühlte es bis zu den Fußsohlen. Er sah sie mit geneigtem Kopf an.

„Ich werde dich für mich gewinnen, und wenn es das Letzte ist, was ich tue, Ashby Templeton."

Der ganze Vorfall brachte Ashby derart aus dem Konzept, dass sie sicher war, dass er sehen konnte, dass sie nicht so immun gegen ihn war, wie sie es gerne gehabt hätte. „Da wäre ich mir nicht so sicher." Sie hoffte, dass sie selbstbewusster klang, als sie sich plötzlich fühlte.

Natürlich zwinkerte er ihr wieder zu. Was sie daran erinnern sollte, dass das alles ein Spiel für ihn war. Doch es war ihr egal. Und das war der beängstigende Teil.

„Kann ich dir helfen?", fragte sie. Sie brauchte eine Ablenkung und nahm einen Griff der Box.

„Sicher. Wenn du so fragst, würde ich dich fast bitten, mir zu sagen, wie ich dich für mich gewinnen kann. Aber ich mag die Herausforderung, es selbst herauszufinden."

Trotz ihrer Frustration zuckten ihre Lippen. „Du gibst nie auf, oder?"

Er wurde blitzschnell ernst. „Ich denke, zum ersten Mal, seit ich dich kenne, hast du endlich etwas über mich richtig erkannt, Ash. Ich gebe niemals auf."

Er sagte es mit solcher Überzeugung, dass sie ihm glaubte. Einen Herzschlag später zwinkerte er erneut, hob die volle Kühlbox auf, als wäre es ein Fünf-Pfund-Beutel Zucker, und ging zur Tür hinaus. Sie stand dort, wo er sie zurückgelassen hatte, mitten in der geräumigen Küche. Ihr Herz donnerte in ihrer Brust, ihr Magen war bodenlos. Aufregung. Vorfreude. Gefahr ... das empfand sie. Und sie würde lügen, wenn sie sagen würde, dass es ihr nicht gefiel.

„Du siehst ein bisschen nervös aus", sagte Rose, als Ashby sich neben sie stellte. „Ich habe gesehen, wie Dan die Kühlbox rausgebracht hat. Hat er was mit diesen rosa Wangen zu tun?"

„Der Mann macht mich sprachlos. Das nervt."

„Weißt du, das ist keine so schlechte Sache", warf Lacy ein. Sie lachte, als Ashby sie wenig überzeugt ansah. „Wenn du deinen Schatz auf Trab hältst und umgekehrt, fliegen die Funken."

„Okay, genug davon. Ich will mich verlieben und

Kinder haben, und ich will, dass es langfristig ist, und Dan ist ein Mann für was Kurzfristiges. Glaubt mir, ich weiß das. Darum die Funken."

Rose und Lacy legten jeweils eine Hand auf ihren Arm.

„Ich weiß, was du meinst", sagte Rose. „Ich hatte Träume, die deinen ähnlich waren, und ich verstehe, was du meinst. Aber ich denke, du liest ihn falsch. Ich denke, Dan ist ein Mann für immer. Ich denke, er ist der Typ, der sich einmal so richtig verliebt und sie dann festhält, ohne jemals loszulassen. Er ist ein guter Mann, Ashby. Wenn du ihn beobachtest und *wirklich* beobachtest, wie er mit Frauen und Kindern umgeht, siehst du möglicherweise mehr in ihm als du denkst. Er war mir gegenüber immer respektvoll."

Ashby fand ihn inmitten der Jungen beim Fußballspielen. Er rannte über das Feld, drei von ihnen im Schlepptau, und er lachte. Die Bewunderung auf den Gesichtern der Jungen war offensichtlich. Er ließ sie nicht leicht gewinnen, und Ashby bemerkte, dass die Jungen das mochten.

„Dan hat es nicht eilig, sich zu verlieben. Es könnte Jahre dauern, bis er eine Familie will. Ich bin jetzt bereit. Glaubt mir, ich habe genug Jahre meines Lebens mit Männern verschwendet, die nicht bereit sind, sich zu binden. Ich habe keine Zeit, mich nochmal auf einen solchen Mann einzulassen." Sie hatte keine Lust, näher darauf einzugehen.

Steven war genauso charmant, genauso sorglos und genauso ein Flirter gewesen wie Dan. Sie hatte sich wider besseres Wissen in ihn verliebt, und wohin hatte es sie gebracht? Am Ende hatte er festgestellt, dass er nicht für die Monogamie geschaffen war, woraufhin Ashby allein zurückgeblieben war. Sie konnte das nicht noch einmal durchmachen. Es war nicht nur Steven – fast jeder Mann, den sie gedatet hatte, litt am Peter-Pan-Syndrom. Sie waren völlig zufrieden damit, für immer im Nimmerland zu bleiben. Wie Dan. Er war glücklich mit dem, was er war. Sie musste sich fragen, ob er jemals erwachsen werden und die Verantwortung für eine Familie übernehmen würde. Trotz allem, was Lacy und Rose von ihm dachten, konnte sie ihm nicht vertrauen.

„Ich suche einen Mann, der eher wie Lance Yates ist."

Lacy blieb der Mund offenstehen. „Im Ernst? Komm schon! Er ist nett und alles, aber ich habe gesehen, wie ihr zwei beim letzten Potluck-Abendessen geredet habt – es war nicht einmal ein Funkeln in euren Augen, als ihr euch angesehen habt. Anders bei Dan. Du solltest sehen, wie deine Augen aufleuchten, wenn du diesen Mann ansiehst. Ziemlich aufschlussreich, wenn du mich fragst. Und überhaupt – Männer verlieben sich, wenn sie sich verlieben. Wenn die Liebe zuschlägt, Mädchen, kannst du nichts dagegen tun."

Ashby war sich da nicht so sicher – Funkeln in ihren Augen oder Männer, die sich plötzlich verliebten, und alles änderte sich. Nein, Männer wie Steven änderten sich nicht. Sie würde sich von seinesgleichen fernhalten. Denn etwas anders zu tun bedeutete ein gebrochenes Herz.

Sie beobachtete Dan, als er inmitten seiner hartnäckigen Angreifer zu Boden ging. Alle landeten hart, ein Haufen verwickelter Beine und Arme, Dan ganz unten. Es traf sie, dass der Mann gut mit Kindern umgehen konnte.

„Max liebt es, wenn Dan hier rauskommt", sagte Rose, als würde sie ihre Gedanken lesen.

Ashby strich ihre Hose glatt und versuchte auszusehen, als ob diese Information sie nicht überraschte. Sie musste sich auch bemühen, nicht zu fragen, warum und wann. Sie verbrachte mindestens drei oder vier Abende im Monat hier, um zu babysitten, und sie hatte ihn nie gesehen.

Sie spürte Augen auf sich, und als sie aufblickte, sah sie, dass Rose und Lacy sie wie Hyänen angrinsten. Ashby suchte nach einem anderen Thema als dem, über das sie offensichtlich diskutieren wollten, während sie sie weiter studierten. Sie fühlte sich wie eine Laborratte.

„Oh, was nützt das? Ich denke, ihr beide wisst bereits, dass er gegenüber einzieht."

Beide lachten laut auf.

„Wir haben uns schon gefragt, wann du was sagen würdest", sagte Lacy.

„Wir wollten nicht zu sehr drängen", gab Rose zu.

„Aus irgendeinem Grund fällt es mir schwer, das zu glauben." Ashby lächelte trotz der Turbulenzen in ihr. „Bitte macht den alten Damen keine falschen Hoffnungen."

„Ashby", schnaubte Lacy. „Sie hören nicht auf uns."

Sie wusste, dass sie Recht hatten. Trotzdem hoffte sie, dass sie, wenn niemand anderes eine große Sache daraus machen würde, sie es auf sich beruhen lassen würden. Sie würde es schwer genug haben, mit Dan umzugehen, ohne sich Sorgen zu machen, dass jemand anderes versuchte, sie zu verkuppeln. Und sie hatte Angst, dass sie nachgeben und mit ihm ausgehen könnte, wenn sie nicht auf der Hut war. Sie hasste es, es zuzugeben, doch sie wurde bereits schwächer. Sie würde viel um Kraft beten müssen. Gott hatte einen Plan für ihr Leben, das wusste sie. Sie musste nur geduldig sein. Doch genau das war das Problem. Sie hatte vor langer Zeit ihre Geduld verloren. Sie wollte eine Familie.

Und sie hatte Angst, Gott könnte ihr das verweigern.

Aufgrund dieser Angst heraus hatte sie einige falsche Entscheidungen getroffen, was Männer anging. Steven war nicht ihr erster Fehler gewesen. Sie hatte versucht, ihre Mutter nicht zu enttäuschen, als sie Zeit mit Carlton und Brad verschwendet hatte. Sie hatte keinen von beiden sonderlich gemocht, wusste aber, dass sie die Art von wohlhabenden Männern waren, von denen ihre Mutter wollte, dass sie sie heiratete. Männer mit so blauem Blut, dass es glitzerte. Zumindest dachte ihre Mutter das. Ihre Ablehnung war ein Segen gewesen, denn ihr war bewusst geworden, dass es nicht richtig gewesen wäre, wenn sie einen von ihnen geheiratet hätte. Natürlich hatte sie einige Ablehnungen gebraucht, um nicht mehr zu versuchen, ihrer Mutter zu gefallen. Ihre Mutter wäre mit beiden Ehen glücklich gewesen, doch Ashby? Sicher nicht. Trotzdem hatte selbst dieses Wissen den Schaden, der ihrem Selbstwertgefühl durch ihre Ablehnung zugefügt worden war, nicht verhindern können. Für ein Mädchen, das dazu erzogen worden war, mit den anderen schrittzuhalten, war es furchtbar, zweimal gesagt zu bekommen, dass sie nicht die Richtige war.

Und da war Steven aufgetaucht, und die Angst, ihre Mutter nicht zufriedenzustellen, und die Angst, dass der Herr ihr nicht die Familie geben könnte, die sie so dringend wollte, hatten sie eine Menge gekostet. Diesmal würde sie sich durch nichts davon abhalten lassen, den richtigen Mann zu finden. Sie war vielleicht völlig verzweifelt, doch sie würde geduldig warten. Das erforderte Disziplin. Sie durfte Dan Dawsons jungenhaften Charme nicht durch die Ritzen in ihrer Rüstung lassen.

Es gab nichts Schöneres, als mit einem Zehnjährigen und fünf Dreizehn- und Vierzehnjährigen zum Zelten zu gehen. Dan war ohne Vater aufgewachsen und verstand nur zu gut, wie wichtig es für die Männer der Kirche war, für Jungen wie Max da zu sein. Brady tat, was er konnte, doch seine Arbeitstage waren lang, und bald würden er und Dottie ein eigenes Baby haben.

Das Frauenhaus war in Bradys Haus, das er gespendet hatte, als er in ein kleineres Gebäude auf dem Anwesen seiner Familie gezogen war. Es gab ihm und Dottie mehr Privatsphäre, als wenn sie mit den Frauen und Kindern im großen Haus leben würden. Und der

Umzug hatte dringend benötigten Platz für bedürftige Frauen geschaffen.

Als das Lagerfeuer flackerte, beobachtete Dan, wie die Jungen Clint aufmerksam zuhörten, als er von seiner Begegnung mit einer Gruppe von Viehdieben erzählte.

Dan dachte an Stacy. Sie hatte angefangen, aus sich herauszugehen. Mit Leuten zu reden fiel ihr immer leichter. Sie hatte ihm am Nachmittag sogar in die Augen geschaut. Das passierte immer häufiger. Wenn diese kristallklaren grauen Augen seinem Blick begegneten und standhielten, wenn auch nur für zwei Sekunden, wollte er „Halleluja!" rufen. Er hatte Monate stetiger Arbeit und unzähliger Besuche im Süßwarenladen gebraucht, um ihr Vertrauen zu gewinnen.

Das Vertrauen einer verletzten Frau zu gewinnen brauchte Zeit. Es war nichts, was er leicht nahm. Für seine Mutter war es vor all den Jahren genauso gewesen, nachdem sie dem Zorn ihres Mannes getrotzt hatte, indem sie mit Dan in ein sicheres Frauenhaus geflohen war. Dan erinnerte sich an die Schläge, als wäre es gestern gewesen, und wusste, dass er sein Leben wahrscheinlich seiner Mutter verdankte.

Sie hatte den Kreislauf der Gewalt durchbrochen und ihm die Chance gegeben, ein Mann zu werden, dessen Leben nicht von Gewalt, sondern von Mitgefühl bestimmt wurde. Trotzdem war er sich der Statistik sehr bewusst, dass Jungen, die in gewalttätigen Familien aufwuchsen, ein höheres Risiko hatten, selbst gewalttätig zu werden. Das war immer in seinem Hinterkopf. Dan sah Max an, ein gesundes, glückliches Kind, und fragte sich, wie verzweifelt die Situation für ihn und Rose gewesen war, bevor sie geflohen waren. Obwohl Rose als Mutter großartige Arbeit leistete, betete er dafür, dass Max eines Tages einen neuen Vater bekommen würde.

Er betete auch für Stacy. Sie lag ihm genauso am Herzen. Mit Gottes Hilfe und Führung würde sie eines Tages in der Lage sein, ihren Kopf mit Zuversicht hochzuhalten. Dan verspürte den Drang, allen Bewohnern des „Sicheren Hafens" zu helfen.

Seine Gedanken wandten sich seiner neuen Nachbarin zu. Sie vertraute ihm nicht. Sie dachte wirklich, er sei ein notorischer Flirter. Er war ein Flirter – schuldig im Sinne der Anklage. Doch es war ein Werkzeug für ihn, um Freundschaft und Vertrauen mit den Frauen aus dem „Sicheren Hafen aufzubauen.

Es war ein Teil von ihm, den er niemals ändern und auch niemals erklären würde. Und es war Teil des Problems mit Ashby.

Nicht nur, weil ihm die Idee, etwas so Persönliches zu enthüllen, nicht gefiel. Es ging tiefer als das. War komplizierter. Er war, wer er war, und Ashby musste ihn so akzeptieren, wie er war, oder es eben lassen, wie alle anderen, die er jemals getroffen hatte.

Seiner Ansicht nach hatten Menschen, die nicht über ihre Vorurteile und vorgefassten Vorstellungen hinwegblicken konnten oder wollten, keine Erklärung verdient, wer er tief in seinem Inneren war. Außerdem war alles, was er mit den Frauen und Kindern im Frauenhaus tat, bewusst und Teil einer Mission, um die er gebetet hatte. Sie waren sein Dienst für den Herrn.

Er glaubte, dass jeder einen Weg zu beschreiten hatte. Einen vom Himmel festgelegten Weg, auf dem alles Gute und alles Schlechte, was ein Mensch durchgemacht hat, zum Wohle von Gottes Reich genutzt werden würde. Er hatte sich auf dem Weg verirrt und war gestolpert und hatte versucht, sich vollständig von seiner Vergangenheit zu lösen. In der Hoffnung, sich von Erinnerungen zu befreien, von denen er glaubte, dass sie geblieben waren wegen seiner Freiwilligenarbeit in Frauenhäusern. Schließlich war er dem Beispiel seiner Mutter gefolgt und hatte jahrelang Freiwilligenarbeit geleistet. Sein Gedanke war also gewesen, dass ein gewisser Abstand dazu beitragen würde, die Vergangenheit zur Ruhe zu betten. Während dieser Zeit war er nach Mule Hollow gezogen, einer ruhigen kleinen Stadt mitten im Nirgendwo. Natürlich hatte Gott seine Augen geöffnet, als das Frauenhaus mit dem Namen „Sicherer Hafen" auf dem Nachbargrundstück eingezogen war. Diesmal kam sein Engagement von ganzem Herzen.

Er hatte einfach nicht das Bedürfnis, darüber zu reden. Es war fast so, als würde darüber zu reden, das, was er tat, herabsetzen ... Er war ein Kind mit einem schlechten Vater und einer außergewöhnlichen Mutter gewesen. Wenn Dan auf sein Leben zurückblickte, wusste er heute, dass Gottes Hand in den Ereignissen, die ihm widerfahren waren, deutlich sichtbar war. Doch wenn er sich öffnete und darüber sprach, käme es ihm so vor, als würde er versuchen, den Fokus von Gott zu nehmen und auf sich selbst zu richten.

Leute, die genau genug hinschauten, würden ein Muster sehen, doch wenn er darüber sprach, würde das Element der Demut verschwinden.

Und obwohl er nicht glaubte, dass irgendjemand das von ihm glauben würde, gefiel es ihm, eine gewisse Demut zu wahren.

KAPITEL NEUN

Die Situation war nicht gut. Am Samstagmorgen rief Ashbys Mutter an. Ihre unglückliche Mutter. Ashbys Foto war im Internet ...

In Verbindung mit ihrer wöchentlichen Zeitungskolumne hatte Molly Jacobs eine Website, die eine große Anzahl begeisterter Leser anzog, die gerne vom Kleinstadtleben in Mule Hollow hörten. Molly konnte weit mehr auf der Website teilen als in der Zeitung. Und dort hatte Molly ihre Bilder von der Ferkeljagd gepostet.

„Du siehst furchtbar aus! Einfach furchtbar!", zeterte ihre Mutter in dem Moment, als Ashby den Anruf annahm.

Es war ein Satz, den Ashby im Laufe der Jahre zu oft gehört hatte, um es zu zählen. Sie hatte gelernt, dass es bedeutete, dass ihre Mutter hochnervös war, und nicht, dass Ashby unbedingt furchtbar aussah.

Lydia war offensichtlich auf Mollys Website gewesen und hatte Fotos von der Begegnung ihrer Tochter mit dem Ferkel gesehen. Als sie heute das Wort furchtbar benutzte, meinte sie es auch so.

Ashby hatte tatsächlich darüber nachgedacht, Molly körperlichen Schaden zuzufügen, als sie gesehen hatte, dass sie die Fotos hochgeladen hatte. Sie hatte gestern Abend vor dem Schlafengehen nachgesehen und wäre vor Scham am liebsten im Erdboden versunken. Zum Glück war ihr Beweisfoto in einer Collage mit mehreren anderen. Harmlos, oder? Das hatte sie sich gesagt, als sie versucht hatte, einzuschlafen.

Bis zu dem Moment, als sie die hysterische Stimme ihrer Mutter hörte, war sie sich jedoch nicht sicher gewesen, ob Lydia tatsächlich auf dem Laufenden blieb über das, was in Mule Hollow vor sich ging. Es war nicht so, als schaffte es Ashby oft in die Medien.

„Beruhige dich, Mutter."

„Wie kannst du erwarten, dass ich mich beruhige, wenn alle meine Freunde *das* sehen werden?"

Ashbys rebellische Seite wollte sie daran erinnern, dass eine Lady nicht kreischte, schrie oder ihre Stimme hob. Sie surfte auch nicht im Internet, um nach kompromittierenden Bildern ihrer Tochter zu suchen.

Doch Ashby tat es nicht. In Zeiten wie diesen fühlte sie sich wie das kleine Mädchen im rosa Taftkleid, das gerade ihre Mutter auf Agatha Hathaways siebter Geburtstagsfeier in Verlegenheit gebracht hatte. Bereits mit sechs Jahren hatte Ashby die Demütigung in den Augen ihrer Mutter erkennen können ... und es gehasst zu wissen, dass sie dafür verantwortlich war. Trotz der Tatsache, dass sie den roten Punsch absichtlich über ihr Kleid gegossen hatte, weil sie wusste, dass sich ihre Mutter darüber aufregen würde. Sie hatte nur nicht erwartet, wie sehr sie sich dafür schämen würde. Das war der Tag, an dem Ashby angefangen hatte, das rebellische Kind in sich zu verleugnen, und versucht hatte, ihre Mutter stolz auf sich zu machen.

Es hatte Jahre gedauert, bis sie erkannt hatte, dass das ein unerreichbares Ziel war. Lydia liebte sie auf ihre eigene komplizierte Weise, und das musste reichen.

„Deine Freunde in Pacific Heights werden nicht einmal wissen, dass ich es bin", sagte Ashby jetzt, glücklich, dass Molly die Fotos nicht mit Namen versehen hatte. Die gesamte Gruppe trug das Label „Spaß bei Fang-das-Ferkel für die Ladys von Mule Hollow". Gott sei Dank für diesen kleinen Segen.

„Ich kann nur hoffen, dass dem so ist. Dennoch, ein *Fang-das-Ferkel* – Ashby, das überschreitet die

Grenzen des guten Geschmacks. Auf dem Bild ist es offensichtlich, dass du dich mit diesem … Tier … im Dreck suhlst. Ich gehe davon aus, dass du meinen Punkt sehen kannst."

Die Säure in ihrem Magen brodelte, und Ashby schloss die Augen und betete, dass der Herr ihr Geduld geben möge. „Ja, Mutter, ich verstehe dich vollkommen. Ich entschuldige mich für jede Verlegenheit, in die ich dich gebracht habe." Sie wusste, dass nichts anderes ihre Mutter besänftigen würde.

„Sehr gut. Ich muss Schluss machen. Ich präsentiere heute Nachmittag im Gartenclub und habe viel zu tun."

„Amüsier dich gut, Mutter." Ashbys Finger schlossen sich fester um das Mobilteil ihres Telefons. Es folgte eine kurze Pause, bevor die Leitung unterbrochen wurde. Ashby hielt das Telefon in der Hand und kämpfte darum, wieder Fuß zu fassen. Sie sehnte sich nach einer Nähe zu ihrer Mutter, von der sie wusste, dass sie sie niemals haben würde.

Eines Tages würde sie ihr eigenes Kind haben ... und alles würde anders sein. Ihre Arme sehnten sich danach, ihr Baby zu halten, und ihr Herz danach, ihm die Liebe zu zeigen, nach der sie sich immer gesehnt hatte.

Sie blinzelte heftig gegen die Gefahr von Tränen an.

Gott musste ihr erlauben, ein Kind zu haben.

Als Ashby zu Dan kam, war die Aufräumaktion bereits in vollem Gange. Es sah so aus, als würde jeder, der nicht arbeiten musste, hier helfen. Als sie aus ihrem Auto stieg, schützte sie ihre Augen vor dem Sonnenlicht und versuchte zu entscheiden, wo sie anfangen sollte. Esther Mae, Adela und einige der jüngeren Frauen bildeten eine Art menschliches Fließband. Sie nahmen Gegenstände wie Besteck aus einem Haufen geborgener Dinge und schrubbten sie. Ashby sah, wie Norma Sue in einem Overall mit einer Hacke in der Ruine herumstocherte. Mehrere Cowboys taten dasselbe und versuchten herauszufinden, ob irgendetwas Wertvolles in der Asche überlebt hatte.

Ihr Blick richtete sich auf Dan, der mit Will Sutton herumlief. Will hatte ein Geschäft, für das er kunstvolle Eisentore schuf, doch er war auch Architekt. Ashby betrachtete den Schaden. Die meisten Außenwände waren aus Ziegeln und Kalkstein und standen noch, doch der Großteil des Holzgerüsts im Inneren war entweder verkohlt oder vollständig verbrannt. Viele

Innenwände waren verschwunden, das Dach fehlte, und Trümmer bedeckten das Betonfundament. Es war ein Desaster.

Die gute Nachricht war, dass Dan versichert war. Obwohl Gegenstände von sentimentalem Wert natürlich ein Verlust waren, würde er am Ende mit einem neuen Zuhause aus der Katastrophe hervorgehen. Zumindest war das von der örtlichen Gerüchteküche so zu hören. Ashby hatte nicht persönlich mit ihm darüber gesprochen, abgesehen von ihrem kurzen Gespräch am Tag zuvor.

Dan schien vernünftig zu sein, wenn es um materielle Besitztümer ging. Sie konnte nicht wirklich sagen, ob sie über den Verlust vieler Dinge traurig wäre, falls ihre Wohnung jemals abbrennen sollte. Trotzdem vermutete Ashby, dass es emotionale Auswirkungen hätte. Andererseits, wie Dan gesagt hatte, war das Entscheidende, dass niemand im Feuer verletzt worden war.

Sie mochten ihre Differenzen haben, doch sie liebte seine Perspektive, was das anging, was im Leben wichtig war.

In den letzten Tagen hatte sie festgestellt, dass Dan Dawson tatsächlich Schichten hatte, die sie zuvor noch nicht gesehen hatte.

„Hey, Ashby!" Lacy streckte ihren Kopf hinter

einer halben Wand hervor, hinter der sie versteckt gewesen war. Sie hatte Ruß auf einer Wange, und Teile ihrer hellen Haare hatten schwarze Spitzen. Als sie sie rufen hörten, blickten alle auf und begrüßten Ashby. Dan lächelte und ging zu ihr hinüber.

„Du bist gekommen, um an der Party teilzunehmen", sagte er herzlich.

„Ich wäre früher hier gewesen, doch ich musste bis Mittag arbeiten." Sie erinnerte sich daran, dass er alle Frauen so anlächelte. Und dass seine Augen natürlich funkelten.

„Freut mich, dass du gekommen bist."

„Also, was soll ich tun?", fragte Ashby ihn und ignorierte die Art und Weise, wie ihr Magen kopfstand, wenn er in der Nähe war.

„Du kannst vielleicht da drüben helfen." Er deutete zur Wäscheleine. „Ich würde nicht raten, hier reinzukommen. Ich habe versucht, die anderen Ladys dazu zu bringen, auf dieser Seite zu bleiben, weil da drin Nägel und andere Gefahren lauern. Wie du siehst, gibt es jedoch zwei, die mich ignoriert haben."

„Hey, das habe ich gehört", rief Lacy und spähte über die Mauer.

„Ich auch", rief Norma Sue aus der hinteren Ecke des Hauses. „Nur damit du es weißt, ich kann so gut wie jeder Mann nach einem Nagel Ausschau halten. Nur weil ich eine Frau bin, heißt das nicht, dass ich blind bin."

Dan lachte und sah verlegen aus. „Gegen die zwei komme ich nicht an. Es ist allerdings wirklich nicht ungefährlich da drin, also würde ich mich besser fühlen, wenn du die Schwelle nicht überschreiten würdest."

„Ashby, du kannst hier reinkommen und mir helfen", rief Lacy. Offensichtlich hatte sie ein überdurchschnittlich gutes Gehör.

Ashby war neugierig auf das, was ihre Freundin tat, und bereit, etwas Distanz zwischen sich und Dan zu schaffen, und trat trotz seiner Bitte, es nicht zu tun, in die Ruine.

„Ich werde vorsichtig sein", sagte sie, als er seine Stirn besorgt runzelte.

„Okay, aber pass auf dich auf." Er ergriff ihren Arm, als sie über einen verbrannten Deckenbalken stieg, und hielt weiter ihren Ellbogen, als sie um andere, von Löschwasser beschädigte Trümmer herumging.

Ashby war sich nicht sicher, wie sie auf die Idee kamen, dass hier irgendetwas gerettet werden konnte. Das ganze Haus war eine Katastrophe. Sie blickte auf und stellte fest, dass Dan sie beobachtete.

„Ich weiß, was du denkst. Ich habe versucht, ihnen zu sagen, dass es hoffnungslos ist." Er zuckte mit den Schultern. „Niemand hört auf irgendetwas, das ich sage.

Was soll ich also tun?"

Sein resignierter Welpengesichtsausdruck ließ sie wieder kichern. „Armes Baby. Ich denke, du musst sie einfach lassen." Ihr Necken überraschte sie und brachte ihn im Gegenzug zum Lächeln.

„Na sowas, Miss Templeton, ich glaube, Sie haben gerade einen Witz gemacht."

„Ja, das habe ich", sagte sie. „Und jetzt habe ich zu arbeiten, also lass mich dich nicht von deiner Arbeit abhalten."

„Okay, aber wirklich, sei vorsichtig." Er schlenderte mit diesem entspannten Gang davon, der typisch für Dan war.

Ashby hockte sich neben Lacy. „Was tust du?"

Lacy zeigte ihr den Aschehaufen, durch den sie grub. „Ich suche den Schmuck von Dans Mutter." Mit ihrer freien Hand griff sie in ihre Hemdtasche und zog eine rauchgeschwärzte Halskette heraus.

Ashby schnappte nach Luft und sah zu, wie Lacy sie wieder in ihre Tasche steckte. „Er hatte ihn nicht in einem Safe?"

„Männer. So weit denken sie nicht! Er hat mir gesagt, er hat ihre Schmuckschatulle in einer Schublade seiner Kommode aufbewahrt. Also grabe ich einfach herum. Bisher habe ich zwei Halsketten und ein Armband gefunden. Sie sind vielleicht nicht mehr zu reparieren, aber es gibt mir ein gutes Gefühl, wenn ich versuche, sie für ihn zu retten. Er sagte, obwohl sie nicht viel Schmuck hatte, hatte er vor, ihn eines Tages seinen Kindern zu geben. Wenn er welche haben sollte."

Ashby fing an, in der schmutzigen Mischung aus Asche und Überresten verbrannter Möbel herumzustochern. Bis gestern hatte sie sich Dan nicht einmal mit Kindern vorgestellt. Doch ihn mit den Jungs auf der Party spielen zu sehen, hatte ihr bewusst gemacht, dass er ein guter Vater sein würde, wenn er jemals eine Familie gründen würde. Doch bis dahin würden Jahre vergehen, erinnerte sie sich. Sogar er hatte ein *wenn*, zu seiner Aussage hinzugefügt.

„Oh!" Ihr wurde schwindelig, als sie bemerkte, dass das schwarze Oval, das sie betrachtete, ein Ring war. Sie hob ihn auf, hielt ihn in ihrer Handfläche und studierte ihn.

„Ist das ein Ehering?", fragte Lacy genauso aufgeregt.

„Kann sein. Sind keine Steine drin. Hier, steck ihn mit den anderen Stücken in deine Tasche und lass uns weitermachen. Ich könnte glatt zu einem Schatzsucher werden. Wir könnten einen Metalldetektor mieten, bevor die Bulldozer kommen und alles einreißen." Wenn Dans Mutter auch nur annähernd wie ihre gewesen war, konnte sich in diesem Aschehaufen eine ganze Truckladung Schmuck befinden.

„Nein." Lacy schüttelte den Kopf. „Er meinte, sie hatte zwei Ringe, ein Armband und drei Halsketten. Wir sind also fast fertig."

Ashby war neugierig auf die Frau. „Er hat seine Mutter wirklich geliebt, oder?", fragte sie leise, denn beide wussten, dass andere mithören konnten.

„Ich denke, sie hatten ein hartes Leben. Er spricht nicht darüber. Ich habe einmal darüber gesprochen, wie schwer es manchmal für mich und meine Mutter ohne meinen Vater war, und Dan hat diesen wirklich mitfühlenden Ausdruck bekommen. Er hat etwas gesagt, das ich nie vergessen habe – dass es uns eine unzerbrechliche Verbindung gegeben hat. Er hat es verstanden, das habe ich gespürt. Er hat noch nie viel über seine Vergangenheit gesprochen, deshalb bin ich neugierig. Weißt du, was ich meine?" Sie hatte aufgehört, in der Asche zu graben, und warf Ashby nun ein schiefes Lächeln zu.

Ashby zeigte auf den Boden. „Hör auf und grab weiter!"

Ihre Freundin lachte. „Okay, aber du machst mir nichts vor. Ich weiß, dass du es bemerkt hast. Und ich weiß, dass du auch neugierig bist."

Das war sie, dachte Ashby und sah zu ihm hinüber. Doch sie wollte es nicht sein.

„Woo-hoo, gelobt sei der Herr!", rief Norma Sue plötzlich. „*Bilder*! Kommt und schaut." Alle gingen zu der Frau hinüber, deren Grinsen so groß wie Texas war. Neben ihr war ein etwa zwei Fuß hoher Aschehaufen.

„Ich habe hier geharkt, und die Schubladenfront ist einfach runtergefallen."

Dan griff in die Öffnung und zog das Fotoalbum heraus, das Norma Sue gefunden hatte. Es war mit Ruß bedeckt, doch als er den Deckel öffnete, hatten die Bilder unbeschadet überlebt.

„Sieh sich das einer an", sagte er, als er die Seiten umblätterte. In seinem Ton und seinem Gesichtsausdruck lag Ehrfurcht.

Ashby spürte, wie sich ihre Kehle vor Emotionen zusammenschnürte, überwältigt von dem Moment. Er hatte eine weitere Verbindung zu der Vergangenheit zurückbekommen, auf die sie immer neugieriger wurde. Als er das Buch schloss und Norma Sue umarmte, war Ashbys Herz berührt.

Norma Sues Ehemann zupfte an seinem Schnurrbart, drehte sich um und betrachtete die Ruine. „Ich frage mich, wie viele dieser Trümmerhaufen hier noch solche Überraschungen versteckt halten."

Eine fast elektrische Erregung packte alle, als sie die Asche- und Trümmerhaufen betrachteten.

„Lasst uns graben", rief Lacy, und mit neuer Energie machten sich alle wieder an die Arbeit.

Ashby begegnete Dans Blick, als sie sich abwandte, und sie lächelte ihn an. Und zum ersten Mal, seit sie ihn kannte, fühlte es sich absolut aufrichtig an.

KAPITEL ZEHN

Dan stand am Ende des Wegs zu Adelas Apartmenthaus und musterte die Trucks, die darauf warteten, entladen zu werden. Er war von der Güte der Gemeinde, in der er lebte, gesegnet worden. Die Leute hatten heute nicht nur den ganzen Tag damit verbracht, ein paar seiner Habseligkeiten aus der Ruine zu retten, jetzt spendeten sie auch noch Dinge aus ihren eigenen Häusern, die er in seiner vorübergehenden Wohnung verwenden konnte. Er würde kein Geld für Möbel ausgeben müssen, bis er bereit war, in sein Haus zurückzukehren. Alles, was er brauchte, war hier: Sofa und Sessel, ein Bett, eine Kommode, eine Kiste mit Kochutensilien, Bettdecke, Kissen und Laken. Auf einer Kiste stand sogar ein Festnetztelefon.

„Ihr hättet das nicht tun müssen", sagte er zu der strahlenden Gruppe vor sich.

„Und ob", sagte Norma Sue. „Wofür sind Freunde da, wenn sie einem in einer solchen Situation nicht helfen?"

„Du hättest dasselbe getan", sagte Clint, ließ die Heckklappe herunter und sprang auf die Ladefläche seines Trucks. „Wenn du das eine Ende nehmen könntest, können wir das Sofa nach oben bringen."

„Ich mach euch die Tür auf!", rief Ashby und ging die Stufen hinauf. Dan blickte ihr nach und packte dann das Ende des beigefarbenen Sofas. Er hatte sie den ganzen Nachmittag immer wieder beobachtet. Sie hatte hart gearbeitet und nach etwas in der Asche gesucht, das vielleicht zu retten war. Obwohl sie nicht viel mehr als das Fotoalbum und den Schmuck gefunden hatten, betrachtete er beides als ein Geschenk Gottes. Wie hätten diese Dinge sonst das Feuer überleben können? Den anderen war nicht bewusst, dass er so etwas schon einmal durchgemacht hatte, als er und seine Mutter mitten in der Nacht ihr Haus mit nicht mehr als den Kleidern am Leib verlassen hatten. Er wusste, dass Gegenstände nur Gegenstände waren. Doch als Ashby den rußbedeckten Schmuck seiner Mutter in seine Handfläche gelegt hatte, war ihm klar geworden, wie viel er ihm bedeutete. Sein Hals hatte sich zugeschnürt, als er die Stücke betrachtet hatte.

Als er aufblickte und Ashby ihn ansah, war er

überrascht von dem Verständnis, das er in ihren Augen sah. In diesem Moment hatte er eine Verbindung zu ihr gespürt. Den Rest des Tages waren beide beschäftigt gewesen. Während sie sich wirklich angestrengt und so hart gearbeitet hatte wie alle anderen, hatte er sie manchmal dabei ertappt, wie sie ihn beobachtete ... weil er sie die meiste Zeit beobachtet hatte. Und obwohl es Wunschdenken seinerseits gewesen sein könnte, dachte er, dass sie endlich begonnen haben könnte, ihn in einem besseren Licht zu sehen.

„Seid vorsichtig und stolpert nicht", rief Esther Mae und brachte seine Gedanken in den Augenblick zurück. Er ging weiter und war froh, dass er nicht gestolpert war, während seine Gedanken auf Wanderschaft gewesen waren.

„Das ist ein schönes Sofa, Clint", sagte er und trat auf die Veranda, bevor er das schwere Sofa durch die Tür manövrierte.

„Es war meins, bevor Lacy und ich geheiratet haben. Ich weiß nicht, ob du es bemerkt hast, aber meine Frau hält nicht viel von neutralen Tönen."

Dan lachte. „Das ist offensichtlich." Lacy trug die buntesten Kleider, die er jemals gesehen hatte. Sie hatte nicht nur ihren Salon pink gestrichen, sondern auch andere dazu inspiriert, kreativ zu werden, bis die Hauptstraße von Mule Hollow angefangen hatte, wie ein Regenbogen auszusehen. „Ich kann mir ein hellbeiges Sofa unmöglich in einem Haus mit Lacy vorstellen, so schön es auch ist."

„Ja, sie sagte, dass es das perfekte Sofa für einen Junggesellen war. Ich hoffe, es macht dir nichts aus, wenn ich mich hin und wieder vorbeischleiche, um es zu besuchen."

Dan ging jetzt rückwärts die Stufen hinauf und hielt inne, um zu Clint hinunterzublicken. Seine glückliche Ehe inspirierte Dan, der in einem so kaputten Zuhause aufgewachsen war.

„Du bist jederzeit willkommen, doch irgendwie glaube ich nicht, dass du das Sofa vermissen wirst."

Dieses Sofa würde niemals durch das Treppenhaus passen.

Ashby schüttelte den Kopf und sah zu, wie ein süßer und frustrierter Dan mit Hilfe von Clint mit dem Sofa rang. Es würde nicht in den Flur kommen, nicht so, wie sie es durch die Tür zu manövrieren versuchten. Zur Verteidigung des Sofas war nicht die Breite das Problem. Sie glaubte eine Lösung gefunden zu haben, doch Dan war so unterhaltsam in seiner Macho-Entschlossenheit, sie zu beeindrucken, dass sie es nicht ertragen konnte, sie zu stören. Und sie zu beeindrucken war eindeutig das, was er zu tun versuchte. Es machte ihr Spaß zu beobachten, wie sich seine Stirn vor Anstrengung in Falten legte.

Der Flur war bereits überfüllt mit Leuten, die darauf warteten, ihre Kisten in die Wohnung zu tragen, und gute Ratschläge erteilten.

Norma Sue schlug vor, es hochkant zu transportieren.

Das funktionierte nicht.

Esther Mae deutete mit der Stehlampe, die sie trug, auf sie und empfahl, die Tür aus den Angeln zu heben. „Das haben wir letztes Jahr gemacht, um meinen neuen Geschirrschrank in die Küche zu bringen. Ich dachte, Hank würde ausflippen."

Hank grunzte. „Kein Wort darüber. Ich war bereit, dieses Ding zurück in den Antiquitätenladen zu bringen. Pronto."

Ashby konnte sich nicht länger zurückhalten. „Versucht, es auf den Kopf zu stellen."

„Auf den Kopf?", fragte Dan.

Er stand in ihrer Nähe, da er das Sofa abgestellt hatte, um die Tür zu studieren, und sie bemerkte, dass ihr seine Nähe mehr gefiel, als sie das wollte.

„So ist der Schwerpunkt anders. Dreht es um und

dann diagonal. Ich denke, so wird es funktionieren."

Er blickte von ihr zu Clint. „Einen Versuch ist es wert."

Sie hoben es wieder auf, und Ashby und Lacy griffen nach den Kissen. Nachdem Ashby ihnen die Anweisungen gegeben hatte, das Sofa zu drehen, passte es problemlos durch die Tür. „Wer hätte das gedacht?" Esther Mae schnaubte. „Schau, Hank, alles, was du tun musstest, war, den Schrank auf den Kopf zu stellen!"

Alle lachten, als er die Augen verdrehte.

„Danke, Nachbarin." Dan grinste Ashby an und wurde mit einem Lächeln belohnt. „Du hast es ins Haus bekommen. Wo soll ich es jetzt hinstellen?" Er und Clint blieben in der Mitte des kleinen Wohnzimmers stehen.

Seine dunklen Augen trafen Ashbys. „Komm schon, sei nicht schüchtern. Ich weiß, dass du eine Meinung hast. Siehst du dir nicht diese Shows im Fernsehen an, die einem sagen, wie man sowas macht?"

„Nein, das tue ich nicht. Aber stellt es hier hin", sagte Ashby und zeigte auf die Stelle vor sich. „So ist das Sofa gleichzeitig Trennwand für den Verkehr, der von der Tür und den anderen Räumen kommt. Den Sessel stellen wir da hin und den Fernseher in diese Ecke. Was denkst du, Lacy?"

Sie nickte und kam aus der Küche um die Bar herum. „Bewegt euch, Jungs." Sie klatschte in die Hände und grinste sie an.

Dan und Clint hoben das Sofa wieder hoch und stellten es dort ab, wo Ashby gezeigt hatte. Dann traten sie zurück und betrachteten ihr Werk.

„Ein weiblicher Touch ist eine gute Sache", sagte Dan. „Ich muss dich vielleicht bitten, mir zu helfen, wenn mein Haus fertig ist. Ich hätte alle Sessel und das Sofa an die Wände gestellt."

„Meine Möbel stehen an den Wänden", sagte Esther Mae, als sie aus dem Schlafzimmer kam. „Oh, das gefällt mir. Ich sehe, was du meinst." Sie starrte kritisch auf das Sofa. „Ich möchte, dass du und Lacy zu mir kommt, um meine Möbel neu zu stellen."

„Es ist nichts Falsches daran, ein Sofa an die Wand zu stellen", protestierte Ashby. „Aber wenn du möchtest, kommen wir."

Dan und Clint tauschten Blicke aus. Frauen.

„Das wird Spaß machen", sagte Lacy und ging zur Tür, um eine weitere Ladung zu holen.

„Nicht für mich", stöhnte Hank und folgte seiner Frau. „Das bedeutet, dass ich meine Zehen an Tischbeinen anstoßen werde, wenn ich nachts aufstehe."

„Du wirst es überleben", sagte Esther Mae und warf ihm einen Blick über die Schulter zu. „Unsere Einrichtung ist veraltet, und diese Mädchen können uns auf den neuesten Stand bringen."

Alle gingen hinaus und schwatzten. Ashby und Dan folgten als Letzte. Er musterte sie, als sie Schulter an Schulter die Treppe hinuntergingen, und hatte eine Menge Spaß.

„Ich mag, wie du es gestellt hast", sagte er. „Die Wohnung wird gemütlich aussehen."

Er war ein Mann. Es war ihm eigentlich egal, doch er ging davon aus, dass es nie schaden konnte, wenn etwas so gut aussah, wie es nur konnte. Vor allem, wenn er dadurch in Ashbys Nähe sein konnte. Sie waren allein am Fuß der Treppe, und er blieb stehen.

„Ich muss dir vielleicht ein Abendessen kochen, um meine Wertschätzung zu zeigen."

Ashby sah ihn mit einem Augenzwinkern an. „Vielleicht musst du das."

Dan war so überrascht von ihrer positiven Antwort, dass er den größten Fehler aller Zeiten machte – er küsste sie.

Zieh dich zurück. Geh weg, schrien die Überreste von

Ashbys gesundem Menschenverstand, als Dan seine Lippen auf ihre senkte, doch ... seine Lippen waren fest, zögerten nicht und oh, so wunderbar.

Als er sie an sich zog, pochte sein Herz an ihrem. Als sich seine Arme mit solch geübter Perfektion sicher um sie legten, wollte Ashby sich wirklich mehr als alles andere zurückziehen – doch sie war gefangen. Gefangen von der Tatsache, dass sein Kuss perfekt und so schmerzhaft süß war, fühlte sich Ashby, als würde sie schweben ... Wie konnte sie auch nur daran denken, sich aus dieser Glückseligkeit zurückziehen –

„Halleluja! Ich habe dir gesagt, Liebe liegt in der Luft!" Als sie Esther Maes begeisterte Stimme hörte, riss sich Ashby aus Dans Armen und stolperte gegen die Wand.

Was hatte sie getan? Sie griff nach dem Geländer, um sich abzustützen. Esther Mae stand nicht allein in der Tür, da waren auch Norma Sue und Adela. Alle drei strahlten sie entzückt an.

„Esther Mae, keine vorschnellen Schlüsse", warnte Adela und überwand das Erstaunen, das sie und die anderen empfunden haben mussten, als sie auf Ashby und Dan gestoßen waren, die einander in den Armen lagen.

Ashby verdrängte alle Gedanken daran. Sie schämte sich und konnte Dan kaum ansehen. Er hingegen schien sich köstlich zu amüsieren. Doch als sie ihn genauer ansah, bemerkte sie, dass der Cowboy unter seiner sonnengebräunten Haut … rot war?

Ashby wollte ihm den Hals umdrehen. Ihr war wirklich danach zumute.

Doch das wäre nicht genug.

KAPITEL ELF

„Nun, meine Damen, macht euch da mal keine Hoffnungen. Das war nur ein freundschaftlicher Dankeskuss an Ash für all ihre Hilfe heute." Dan hatte es königlich vermasselt, und er versuchte so ruhig, wie er konnte, die begeisterten Kupplerinnen von ihrem Vorhaben abzubringen.

Doch sein Kopf schwamm, und Ashby war so rot wie eine überreife Tomate. Er verstand das sehr gut, da es ungefähr zweihundert Grad heiß war, wo er stand.

„Ich habe plötzlich Kopfschmerzen", murmelte sie zwischen zusammengebissenen Zähnen. „Wenn ihr mich entschuldigt, bin ich sicher, dass ihr das ohne mich zu Ende bringen könnt."

Dans Temperatur sank, als er und alle anderen sie steif die Treppe hinauf marschieren sahen. Okay, er hatte sich nicht geirrt; er *hatte* es vermasselt. Gerade, als er gedacht hatte, er hätte ihre Wahrnehmung von ihm verändert, hatte er jeden Anflug von gesundem Menschenverstand verloren. Er hätte sich zurückziehen sollen, sobald ihm klar geworden war, dass er sie küssen würde.

Doch er hatte nicht gedacht – sie hatte einfach so süß ausgesehen, als sie seine Einladung zum Abendessen angenommen oder es zumindest angedeutet hatte. Er hatte aus seinem Erstaunen heraus reagiert und sie geküsst. Und sie hatte den Kuss erwidert. Es stimmte, in dem Moment, als seine Lippen ihre berührt hatten und sie so süß geantwortet hatte, hatte er an nichts anderes gedacht als daran, wie perfekt sie sich in seinen Armen anfühlte ... obwohl er hätte erkennen müssen, dass seine spontane Reaktion sie nur erschreckt hatte. Vielleicht hatte sie ihn ja nur aufgezogen und nicht erwartet, dass ein anmaßender Dummkopf sie küsste! Was für ein Idiot er doch war – normalerweise verlor er nicht die Kontrolle über die Situation, doch was Ashby betraf, schien er überhaupt keine Kontrolle mehr zu haben.

Dieser anmaßende, viel zu selbstbewusste Cowboy hatte sie geküsst und dann so getan, als wäre es keine große Sache.

Und das war es auch nicht. Das sagte sie sich, als sie ihre Küchentheke schrubbte. Dann das Waschbecken. Und wieder, als sie sich den Schränken ihrer ohnehin makellosen Küche zuwandte. Sie brodelte und warf einen Blick auf die Messinguhr, die über dem Ofen hing. Es war genau drei Stunden her, seit er sie geküsst hatte. Drei Stunden. Der ungezogene, ungehobelte Mann hatte sich noch nicht entschuldigt und damit nur all das Schlechte bewiesen, das sie über ihn dachte.

Sie wusste, dass er ein aufgeblasener Pfau war, doch sie aus heiterem Himmel so zu küssen, zeigte einen tieferen Mangel an Rücksichtnahme, als sie von ihm erwartet hatte, angesichts der Tatsache, dass sie ihre Besorgnis zum Ausdruck gebracht hatte. Seine Dreistigkeit war unfassbar. Und zu glauben, dass sie wochenlang ihm gegenüber leben musste. Vielleicht Monate!

Du hast den Kuss erwidert.

Ashby wurde übel. Das hatte sie. Sie hatte wirklich seinen Kuss erwidert.

Die Wahrheit war, für einen Moment, bevor seine Lippen ihre berührt hatten, hatte sie ihn küssen wollen. Sie hatte, und da gab es kein Leugnen. Vielleicht war es der Anruf ihrer Mutter an diesem Morgen gewesen. Vielleicht waren es all diese rebellischen Gefühle, die in ihr herumpurzelten, wie Bälle in einer Bingotrommel.

Du hast den Kuss erwidert. Und das war das, was sie wirklich störte.

Sie schrubbte härter, während sie versuchte, sich zu entspannen und einzureden, dass es nur ein Kuss gewesen war. Eine zarte Berührung ihrer Lippen – es war wirklich nichts gewesen. Doch es war schwer, sich das einzureden, wenn sie immer noch seine Lippen spürte, als hätte er sie gebrandmarkt.

Himmel.

Das war lächerlich. Es war nicht so, als wäre sie nie zuvor geküsst worden. Also warum der innere Aufruhr?

Gib's zu, du fühlst dich trotz allem zu Dan hingezogen!

Sie warf ihren Putzlappen in die Spüle und starrte aus dem Küchenfenster. Sie sollte sich nicht von ihm angezogen fühlen.

Warum?

Er war ein Playboy, und dieser so gar nicht ritterliche Kuss hatte das bewiesen.

Vielleicht nicht.

Männern wie ihm konnte man nicht trauen. Er war nicht der Mann für sie.

Sie musste ihn aus ihrem Kopf verjagen, wieder in die Spur kommen und vergessen, dass das alles passiert war. Vergessen, dass sie heute gerne Zeit mit ihm verbracht hatte. Vergessen, dass es Dinge an ihm gab, die sie mochte. Vergessen, dass sie sich wieder wie ein Mädchen fühlte, wenn er sie ansah.

Ashby ließ den Kopf hängen und holte tief und zitternd Luft. Für sie war das ein Weg ins Nirgendwo.

Nach einer Dusche würde sie sich besser fühlen, entschied sie und betrachtete ihre Kleidung. Es war ein langer Tag gewesen. Sie hoffte, dass sie die Verwirrung aus ihrem Kopf waschen konnte, und ging den Flur hinunter zu ihrem Bad.

Ein paar Minuten später fühlte sie sich nach einer wunderbaren heißen Dusche etwas optimistischer. Sie trug ihren mintgrünen Lieblingspyjama aus Seide und den passenden Kimono darüber und ging zurück ins Schlafzimmer, als sie beschloss, dass heute Abend ein guter Abend für eine beruhigende Algenmaske war, während sie sich beim Bibellesen entspannte.

Sie kehrte ins Badezimmer zurück, öffnete den Schrank und betrachtete die Toilettenartikel, die in perfekten Reihen warteten. Sie schnappte sich eine Tube und trug den Inhalt in einer dicken Schicht auf. Der herrliche Duft von Minze umhüllte sie.

„Schöne, normale Routine", sagte sie zu ihrem Spiegelbild und bemerkte, dass die Algenmaske auf ihrem Gesicht zu ihrem Pyjama passte.

Sie fühlte sich entspannter, ging barfuß in die

Küche und schenkte sich ein Glas Traubensaft ein. Als sie sich im Bett niederließ und sich mit der Bibel auf dem Schoß gegen ihre flauschigen Kissen lehnte, fühlte sie sich wieder wie sie selbst.

Ashby fand die Stelle, an der sie am Abend zuvor aufgehört hatte, und begann zu lesen. Mit der Unzufriedenheit, die sie empfunden hatte, hatte sie sich fleißig auf ihr Bibelstudium konzentrieren müssen. Sie wollte dem Herrn vertrauen, auch wenn sie mit ihrem Leben nicht zufrieden war, und es war nicht immer einfach, das zu tun. In Zeiten wie diesen sehnte sie sich mehr denn je danach, dass der Herr durch die heiligen Schriften zu ihr sprach. Sie musste daran erinnert werden, dass sie mit ihren Kämpfen nicht allein war. Sogar biblische Helden und Heldinnen hatten Zeiten, in denen sie nicht ganz zufrieden waren ...

Als Ashby bemerkte, dass ihre Gedanken von den Versen vor sich abgewandert waren, trank sie einen Schluck Traubensaft und blätterte um. „Denn ich habe gelernt, mir genügen zu lassen, wie's mir auch geht. Ich kann niedrig sein und kann hoch sein; mir ist alles und jedes vertraut: beides, satt sein und hungern, beides, Überfluss haben und Mangel leiden." Die Verse sprangen sie von der Seite an.

Sie lehnte sich zurück auf das Kissen, schloss die Augen, und sofort kamen ihr Dans Worte in den Sinn.

Denn wir haben nichts in die Welt gebracht; darum können wir auch nichts hinausbringen. Im Rest des Verses ging es darum, dass wir, wenn wir Essen und Kleidung haben, uns damit zufriedengeben werden ... Es störte sie wirklich, dass er einen solchen Vers zitieren und es ernst meinen konnte. Sie fühlte sich kleinlich und undankbar. Der Mann hatte gerade alles verloren, und er war vielleicht in mancher Hinsicht ein Idiot, doch er schien ein zufriedener Idiot zu sein. Der flirtete und küsste, als wäre er Gottes Geschenk an die Frauen.

Es war einfach nicht richtig.

Ashby hielt die Augen geschlossen und betete, dass der Herr ihr helfen möge, sich zu konzentrieren und mit ihrem eigenen Leben zufrieden zu sein. Dass sie die Kraft haben würde, auf den Mann zu warten, den er ihr schicken würde. Wenn sie Babys bekommen würde – und oh, wie sie darauf hoffte –, dann würde sie den Kopf nicht verlieren.

Die Kühle der Maske drang in sie ein, als der beruhigende Duft sie umhüllte, und sie betete, dass Gott ihr bei den Ressentiments helfen würde, die sie plagten. Sie wusste, dass sie ohne seine Hilfe Probleme mit all ihren Bitten haben würde ... Sie holte langsam Luft, entspannte sich auf der weichen Matratze und schlief irgendwann ein ...

Ein Klopfen an ihrer Wohnungstür weckte Ashby.

Sie richtete sich auf und blinzelte. Das Klopfen kam wieder eindringlich, als ob derjenige es schon eine Weile versuchte. Für einen Moment desorientiert warf sie einen Blick auf die Uhr und war schockiert, als sie feststellte, dass es Morgen war. Natürlich hätte das Sonnenlicht, das durch ihr Fenster strömte, ein Hinweis sein können, wenn sie nicht durch das Klopfen an ihrer Tür abgelenkt worden wäre. Sie hatte offensichtlich wie ein Murmeltier geschlafen. Die Bibel war kaum von ihrem Schoß gerutscht. Sie schloss sie und schob sie unter die Decke, dann stolperte sie aus dem Bett. Wer klopfte um sieben Uhr morgens an ihre Tür? Sie zog ihren Kimono zu und riss die Tür auf, ohne durch das Guckloch zu schauen. Alle Benommenheit verschwand, als sie sah, dass Dan sie anstarrte.

Für einen Moment sah er erschrocken aus, was seltsam war, da er gerade an ihre Tür geklopft hatte. Der Ausdruck verschwand schnell, als sich ein Lächeln auf seinem Gesicht ausbreitete. Wie eine Öffnung des Schleusentors überfluteten Ashby alle Frustrationen vom Vortag … doch dann stieg Hoffnung in ihr auf. Vielleicht würde er sich für sein inakzeptables Verhalten entschuldigen.

Es war Zeit.

Als sie versuchte, so auszusehen, als wäre es ihr auf die eine oder andere Weise egal, hob sie ihr Kinn und begegnete seinen funkelnden Augen, gerade als sie bemerkte, dass sich ihre Haut straff anfühlte. *Ihre Algen- und Minzmaske!* Ihre Augen weiteten sich erschrocken, als sie die getrockneten Überreste betastete — sie konnte sich gut vorstellen, was er sah.

„Hallo, Hübsche", gurrte er.

Ashby wünschte, sie könnte die unglaublich schrumpfende Frau werden und verschwinden, wich einen Schritt zurück und schlug ihm wortlos die Tür ins Gesicht. Sie schalt sich bis ins Badezimmer, nahm ein Handtuch, hielt es unter den Wasserhahn und begann, ihr Gesicht zu schrubben. Sie konnte Dans Lachen durch die Tür und den Flur hinunter hören.

Sie schrubbte angestrengter, als er wieder an die Tür klopfte.

„Ash, mach auf. Ist schon gut. Das habe ich nicht unhöflich gemeint."

„Verschwinde", schrie sie. Templetons schrien nicht. Sie konnte sich nicht erinnern, wann sie das letzte Mal wütend genug gewesen war, um zu schreien.

„Komm schon, Ash, mach auf. Du siehst hübsch aus in Grün."

„Du siehst hübsch aus in Grün", äffte sie ihn nach, dann lauter und für seine Ohren bestimmt forderte sie ihn auf, über den Flur zurückzugehen und dort zu bleiben. Doch das tat er nicht.

Als sie endlich all das Grün von ihrem jetzt leuchtend rosa Gesicht hatte, starrte sie ihr Spiegelbild an und wusste, dass das Einzige, was sie tun konnte, war, die Tür zu öffnen. Immerhin lebten noch vier andere Mieter im Haus und hörten wahrscheinlich alles mit.

Sie marschierte zur Tür und riss sie auf. „Was willst du?"

Er lächelte wie Esther Maes verwegener Pirat und hielt ihr einen Teller mit Käsekuchen entgegen. „Ich komme in Frieden. Stacy und die anderen aus dem Süßwarenladen haben den gestern Abend als Einweihungsgeschenk abgegeben. Ich dachte, ich könnte ihn mit dir teilen. "

Ashby wollte ihm sagen, er solle direkt über den Flur zurückmarschieren, weil sie nicht käuflich war. Doch sie liebte Käsekuchen.

Und es schien sein Friedensangebot zu sein.

Ihr Magen knurrte. Sie biss sich auf die Lippe, als der duftende Kuchen nach ihr rief.

Wie der Pirat, der er war, schwenkte er den Teller unter ihrer Nase. Darauf lagen drei Stücke, alle mit Erdbeerkonfitüre gekrönt. Dieser Cowboy kämpfte nicht fair. Sie kapitulierte und griff nach dem Teller.

„Oh nein." Er zog ihn aus ihrer Reichweite. „Du musst mir Kaffee anbieten. Friedensangebot, erinnerst du dich?"

Ashbys Griff um den Türknauf wurde fester, als sie die oberste Emailleschicht von ihren Backenzähnen knirschte. Der Mann war sich seiner so sicher. Warum konnte er nicht einfach sagen: „Es tut mir leid, dass ich mich wie ein Idiot benommen habe. Hier, Käsekuchen für dich. Bis später." Das Letzte, was sie wollte, war Zeit mit ihm zu verbringen.

Doch er bot einen Olivenzweig an.

Sie trat zurück, um ihn eintreten zu lassen. „Nimm Platz", sagte sie steif und deutete auf den Barhocker in der kleinen Frühstücksecke. Sie ging in die Küche und machte sich daran, Kaffee zu kochen. Sie musste ihn nicht ansehen, um zu wissen, dass er ihr Wohnzimmer betrachtete. Die Idee, dass er ihre Einrichtung sah, störte sie ungemein. Sie war sich nicht ganz sicher warum, doch sie hatte das Gefühl, er würde sie nach dem beurteilen, was er sah. Wenn er zuvor der Meinung gewesen war, dass sie sich locker machen musste, war nicht abzusehen, was er denken würde, wenn er sich ihr blitzsauberes Zuhause ansah.

Sie war nicht bereit, seine Kommentare zu hören, murmelte, dass sie gleich zurück sein würde, und eilte dann in ihr Zimmer. Sollte er doch schauen und sich ein Urteil bilden; Was interessierte sie es, was er von ihr hielt?

Ihre Gereiztheit ließ nicht nach, als sie sich die

Zähne putzte. Deshalb ließ sie sich besonders viel Zeit, die Haare zu bürsten, und wählte ein butterblumengelbes Kleid für die Kirche aus. Nachdem sie fertig war und keine anderen Ausreden hatte, kehrte sie schließlich zurück in die Küche.

Er lehnte an der Theke und betrachtete ein Foto von ihr und ihren Eltern. Er blickte auf, als sie den Raum betrat, und sein Lächeln nahm ihr den Atem. Der Mann konnte es in Flaschen füllen und sich dumm und dämlich damit verdienen.

Dann fiel ihr der Kuss wieder ein, und ihre Hand zitterte nur ein wenig, als sie zwei Tassen vom Tassenständer nahm, bevor sie nach der Kaffeekanne griff. Sie hatte ihn geküsst – die Verlegenheit überwältigte sie fast. Sie spürte seinen Blick und konzentrierte sich darauf, die Tassen zu füllen.

„Wie magst du deinen Kaffee?", fragte sie und war froh, dass ihre Stimme normal klang.

„Zwei Zucker und einen großen Schuss Kaffeesahne. Bist das du mit deinen Eltern?"

„Ja", antwortete sie, schaufelte seinen Zucker in den Kaffee, griff dann in den Kühlschrank und holte die Sahne heraus. „Sie können immer noch nicht fassen, dass ich hierhergezogen bin. Ich bin nicht sicher, ob sie mir jemals vergeben werden. Wenn ich ihnen nicht bald Enkelkinder schenke, wird es ihnen allerdings egal sein, ob ich jemals wieder nach Hause komme."

„So schlimm, was?"

Sie stellte seine Tasse vor ihn und holte Teller und Gabeln aus dem Schrank.

„Ich denke nicht, dass es so schlimm ist, doch ich fühle mich so." Warum erzählte sie ihm das? Das Letzte, was sie mit ihm tun musste, war, mit ihm über ihre Eltern zu sprechen.

Sie konzentrierte sich auf den Käsekuchen. Nicht das gesündeste Frühstück der Welt, doch es war ihr egal. Sie liebte Käsekuchen. „Das sieht wunderbar aus." Sie stieß ihre Gabel in das Stück und erinnerte sich dann. „Wir sollten sie segnen, obwohl ich fest davon überzeugt bin, dass Gott Käsekuchen bereits gesegnet hat. Deshalb ist er so wunderbar." Sie war stolz auf sich, dass sie so entspannt klang. So gelassen. Besonders, wo ihr Innerstes so aufgewühlt war.

Dan grinste. „Ich wusste, dass es etwas an dir gibt, womit ich mich wirklich identifizieren kann. Ich könnte mein Gewicht in Käsekuchen vertilgen."

„Dann segne ihn und lass uns essen." Sie schloss die Augen zum Gebet.

„Guter Gott, segne dieses Essen und die angenehme Gesellschaft. Amen."

Sie sah ihn nicht an, als sie sich einen Bissen in den

Mund schob. Der Kuchen war so gut, wie sie erwartet hatte. Sie könnte ihm glatt verzeihen, dachte sie, als sie den Geschmack genoss und darauf wartete, dass er sich für sein Verhalten entschuldigte. Natürlich hatte er gesagt, dass das hier ein Friedensangebot war, doch das war nicht gerade eine Entschuldigung, zumindest nicht dort, wo sie herkam.

„Du bist gestern Abend zu früh weggelaufen. Du musst rüberkommen und sehen, was wir uns für die Dekoration ausgedacht haben. Lacy hat die Hilfe aller Frauen aus dem Frauenhaus in Anspruch genommen. Sieht gut aus. Ich denke, es wird dir gefallen."

Was für eine Freundin Lacy war. Sie war nicht einmal vorbeigekommen, um nach Ashby zu sehen ... Andererseits musste sie wahrscheinlich genauso begeistert gewesen sein wie Esther Mae und die anderen.

Dan beobachtete sie. Nichts in seinem Gesichtsausdruck zeigte auch nur eine Spur von Reue. Sie sagte nichts, trank nur einen Schluck Kaffee.

„Komm schon, Ash. Ich weiß, dass du wütend bist, dass ich dich geküsst habe", sagte er schließlich.

Sie stellte ihre Tasse ab und nahm ihre Gabel. „Du siehst nicht aus, als würdest du die geringste Spur von Reue empfinden."

„Das liegt daran, dass ich es nicht tue. Es tut mir leid, dass du wütend auf mich bist, aber es war ein großartiger Kuss. Wenn wir weiter üben, könnte ich dir natürlich ein paar Tipps geben –"

Ashbys Gabel klapperte auf dem Teller. „Ist das dein Ernst?"

Er prustete vor Lachen. „Ashby, komm schon, Mädchen. Hab ein bisschen Spaß. Es war ein Kuss. Und ein guter dazu. Das mit den Tipps war ein Scherz –"

„Weißt du was?" Ashby schob ihren Käsekuchen auf den Teller zurück, auf dem er ihn hergebracht hatte, nahm seinen Teller und tat dasselbe, dann drückte sie ihm den Teller samt Kuchen in die Hand. „Hier. Nimm das, geh nach Hause und bleib da."

Er sah überrascht aus, und Ashby war ein bisschen zufrieden, dass sie der Grund dafür war. Als er ungläubig vor sich hin lächelte, hätte sie fast allen Anstand vergessen und ihm ihren Kaffee ins Gesicht gekippt. Stattdessen riss sie ihre Wohnungstür auf und zeigte hinaus.

„Du bist unhöflich, nervtötend und so verdammt von dir eingenommen. Geh."

Er blinzelte, tat aber, was sie verlangte. Als er im Flur war, drehte er sich um und wollte etwas sagen. Sie schlug die Tür zu, bevor er es herausbekam.

Was sie gerade getan hatte, war eine ausgesprochen undamenhafte Sache. Andererseits hatte sie sich in letzter Zeit nicht wirklich wie eine Dame gefühlt.

Dan war ein Idiot. Ohne Zweifel. Zuerst hatte er Ashby gestern geküsst und sie wütend gemacht. Nachdem sie davongebraust war, hatte er beschlossen, dass es vielleicht das Beste war, sie sich beruhigen zu lassen und sich selbst Zeit zu geben, wieder so etwas wie Kontrolle über seine eigenen Gefühle zu erlangen. Lacy und die glücklichen Kupplerinnen hatten ihm versichert, dass sie sich wahrscheinlich nur für ihr unhöfliches Verhalten schämte, nicht für ihn.

Er bezweifelte das sehr. Sie war wütend auf ihn. Doch sie hatte den Kuss erwidert, und er konnte nicht anders, als daraufhin eine Spur Hoffnung zu empfinden. Er hatte den Rest des Abends damit verbracht, innerlich zu lächeln. Sie war nicht so immun gegen ihn wie sie vorgab.

Und dann hatte er es heute wieder vermasselt. Er war so begeistert über diese Enthüllung gewesen, dass er seine große Klappe hatte Amok laufen lassen. Ein Musterbeispiel dessen, wie man jede erdenkliche Gelegenheit ausnutzte, in den nächsten verfügbaren

Fettnapf zu treten.

Er starrte auf die Tür, die sie ihm ins Gesicht geschlagen hatte, und schalt sich dafür, dass er sie geneckt hatte. Das war eine Frau, die seinen Sinn für Humor nicht schätzte, und er konnte sich einfach nicht bremsen, wenn er in ihrer Nähe war.

Doch sie hatte ihn *geküsst*! Er lächelte, als er in seine Wohnung ging, um den Käsekuchen für später in den Kühlschrank zu stellen ... weil er fest entschlossen war, dass es einen späteren geben würde. Und wenn dieses Später kam, würde er es nicht wieder vermasseln.

KAPITEL ZWÖLF

Ashby hatte gerade ihr Auto auf dem Kirchparkplatz geparkt und sofort Dan auf der Ladefläche seines Trucks gesehen, wo er mit Emmett James sprach, einem netten, wenn auch schüchternen Cowboy. Sie brodelte immer noch wegen ihrer Begegnung zuvor und der Tatsache, dass sie überlegt hatte, ihm etwas ins Gesicht zu werfen. Als sie Dan ansah, wuchs dieser Drang wieder.

Esther Mae und Hank hielten neben ihnen. In ihrer üblichen Eile sprang Esther Mae aus dem Auto, schlug die Tür zu und schoss im Galopp auf die Kirche zu. Sie hatte offensichtlich nicht bemerkt, dass der Rockzipfel ihres Kleides in der Tür eingeklemmt war und sie zum Stolpern brachte. Ashby konnte sehen, was geschah, doch es geschah so schnell, dass sie keine Zeit hatte, eine Warnung zu rufen. Umso erstaunlicher war das, was als Nächstes geschah. Innerhalb des Sekundenbruchteils, den Esther brauchte, um die Tür zuzuschlagen und auf den Boden zuzustürzen, reagierte Dan. Fast bevor die Tür an ihrem Kleid hängen blieb! Im einen Moment stürzte Esther, Hände und Knie in ernsthafter Gefahr, auf dem Parkplatz mit den weißen Kieselsteinen aufzuschlagen, im nächsten Moment hatte Dan sie schon aufgefangen. Esther Mae hatte kaum Zeit gehabt zu registrieren, dass sie überhaupt in Schwierigkeiten war!

Ashby stand wie angewurzelt da und sah zu, wie er seinen Charm einschaltete. Die arme Esther Mae war so verdattert, als sie zu diesem Lächeln aufblickte, dass sie vergaß, erschüttert zu sein, weil sie fast eine Bauchlandung gemacht hätte. Ashby musste zugeben, dass Dans blendendes Lächeln seine guten Seiten hatte.

Aber als sie die Szene verließ und in die Krabbelstube ging, für die sie dankenswerterweise an diesem Morgen verantwortlich war, war sie sich nicht ganz sicher, was sie von ihm halten sollte. Er brachte sie dazu, Dinge zu tun, die sie normalerweise nicht in Erwägung ziehen würde. Wie ihn mit Hingabe zu küssen und Trinkgefäße werfen zu wollen – so war sie nicht.

Das machte sie verrückt.

Verrückt war nicht gut. Verrückt war keine gute

Grundlage für eine Beziehung. Oder?

Ashby berührte ihre Schläfe, wo sich Spannung aufbaute, als sie den Moment im Kopf erneut durchlebte. Dieser Kuss hatte sie tief getroffen und sie konnte ihn nicht aus dem Kopf bekommen. „Peter-Pan-Syndrom", murmelte sie, als sie die Türen zum Anbau der Kirche öffnete. Sie konnte nicht zulassen, dass der Kuss und Dans Heldentaten ihre Wahrnehmung von ihm verzerrten. Steven hatte einmal während eines Gewitters das Auto angehalten und einen Welpen gerettet. Das hatte ihn am Ende nicht zu einem geringeren Idioten gemacht.

Dan hatte fast einen Herzinfarkt gehabt, als er sah, dass die Tür den Saum von Esther Maes Kleid erfasst hatte. Er hatte immer gute Reflexe gehabt, und sie waren nützlich, als er hervorschoss, um sie davor zu bewahren, sich zu verletzen. Jetzt tat er alles, was in seiner Macht stand, um sie vor Verlegenheit zu bewahren.

Ihm war nicht entgangen, dass Ashby nicht weit entfernt stand und zusah. Und er hatte aufgeblickt und festgestellt, dass sie sie mit einem angewiderten Ausdruck auf ihrem Gesicht ansah. Da er keine Zeit hatte, darüber nachzudenken, richtete er Esther Mae auf, lächelte und kümmerte sich um sie.

„Danke, Dan", keuchte sie, als Hank um das Auto herumkam, um sie aus seinen Armen zu nehmen. Dan griff nach dem Türgriff, öffnete die Tür und ließ ihren roten Rock frei. Es hatte jetzt einen Fettfleck, doch das war irrelevant. Sie hätte blutende Hände und Knie oder sogar gebrochene Handgelenke haben können, wenn sie gestürzt wäre.

„Honey", gurrte Hank, „geht es dir gut? Das war knapp."

„Mir geht's gut, mir geht's gut. Dank Dan. Woher in aller Welt wusstest du, dass ich in Schwierigkeiten bin? Ich habe gespürt, wie ich anfing zu fallen, als mein Kleid mich wie ein Kalb in einem Lassowettbewerb zurückgerissen hat, und im nächsten Moment weiß ich, dass ich in deinen Armen bin!"

Dan lächelte und tippte an seinen Hut. „Ich war zur richtigen Zeit am richtigen Ort. Jeder der anderen Cowboys hätte das auch getan. Vor allem, um eine schöne Frau wie dich zu retten."

Esther wurde hübsch rot. „Sie hätten es vielleicht versucht, aber das heißt nicht, dass jemand so schnell gewesen wäre wie du. Du musst dich wie ein Blitz bewegt haben!"

„Es war wunderschön anzusehen", sagte Norma Sue und kam auf sie zu. Sie war auch rot, aber in ihrem Fall lag es daran, dass sie über den Parkplatz gehetzt war. „Woo-wee! Das war ausgezeichnete Beinarbeit, Dan Dawson. Esther Mae, du hättest nur ein Paar Hörner gebraucht, und du hättest wie das Stier-Wrestling Event ausgesehen."

Dan fühlte sich bei all dem Lob und der Aufmerksamkeit unbehaglich und zog sich schnell und höflich zurück und ging zum Unterricht.

Die Sonntagsschule war gut besucht, doch er war enttäuscht, als er bemerkte, dass Ashby nicht im Raum war. Er nahm in der ersten Reihe Platz, wo drei freie Stühle nebeneinanderstanden, und legte seine Bibel auf den Platz neben sich, um ihn für sie freizuhalten. Emmett James kam herein und setzte sich neben Dan. Er und Emmett hatten draußen gesprochen, als Esther Mae fast gefallen war. Sie hatten in letzter Zeit ein paar Gespräche geführt. Emmett war ein ruhiger Cowboy, der sein Herz am rechten Fleck trug. Jeder wusste, dass er in Stacy verliebt war. Nicht, dass er das jemals jemandem erzählt hätte, doch es war offensichtlich. Vom ersten Moment an, als sie aus dem Van gestiegen war, der sie und die anderen Bewohnerinnen des Frauenhauses nach Mule Hollow gebracht hatte, hatte er sich zu ihr hingezogen gefühlt.

Er war ein schüchterner Mann, das gerade Gegenteil von Dan, doch er hatte ein gutes Herz und eine ruhige Art, von der Dan wusste, dass Stacy sie bemerkt hatte. Emmett arbeitete schon seit mehreren Jahren für Clint und war ein guter, gottesfürchtiger Mann. Dan hoffte, dass es gut für ihn laufen würde, nicht, dass Emmett bisher viel mit Stacy gesprochen hatte. Doch er schwebte, wenn sie in der Nähe war, und wenn sie aussah, als ob sie etwas brauchte, erriet er es und holte es für sie. Wenn sie irgendetwas fallen ließ, kam er bei Kirchenveranstaltungen sofort herbei und hob es auf. Wenn sie durstig aussah, war Emmett sofort zur Stelle mit einer Tasse Punsch oder einer Limonade. Und Dan wusste, dass Stacy von seiner ruhigen, respektvollen Art nicht unberührt blieb.

Nachdem der sanftmütige Mann mit Dan über seine Absichten gegenüber Stacy gesprochen hatte, war Dans Meinung über Emmett in die Höhe geschossen. Er hatte Emmett beruhigt, indem er von seiner Vergangenheit gesprochen hatte, etwas, das er bisher niemandem erzählt hatte, doch er hatte das Gefühl, Emmett musste es wissen. Als er begriff, dass er und Dan Stacys Wohlbefinden im Sinn hatten, hatten sie stillschweigend einen Pakt geschlossen. Dans Ziel war es, ihr zu helfen, nicht generell Männern gegenüber argwöhnisch zu sein, was Emmett am Ende zugutekommen würde. Emmetts Ziel war es, ihr Herz zu gewinnen, und er schien ein geduldiger Mann zu sein. Dan wusste aus Erfahrung mit seiner Mutter und den anderen Frauen, die mit ihnen im Frauenhaus gelebt hatten, als er jung war, dass Geduld genau das war, was Emmett brauchen würde.

Und selbst das könnte nicht genug sein.

Manche Narben gingen zu tief. Doch nichts war zu groß für den Herrn, und Dan betete, dass Gottes Heilung Stacys Herz berühren möge.

Während er darauf wartete, dass Ashby auftauchte, sprachen er und Emmett über das Wetter. Als der Unterricht endlich begann, immer noch ohne Ashby, wurde ihm klar, dass sie Dienst in der Krabbelstube haben musste.

Zumindest hoffte er, dass sie dort war. So wütend sie auf ihn war, hätte sie vielleicht lieber den Unterricht geschwänzt, als ihm zu begegnen. Er konnte sich nicht auf das konzentrieren, was Brady besprach, weil er sich deswegen Sorgen machte.

Sie wurde schnell zu einer Besessenheit für ihn. Er konnte sie nicht aus dem Kopf bekommen. Und das war eine neue Erfahrung für ihn.

* * *

Ashby verließ gerade den Anbau und ging auf ihr Auto zu, als Dottie Cannon nach ihr rief. Lance Yates winkte, als sie über den Parkplatz zu Dottie eilte. Ashby war sich seines Blicks bewusst, als sie Dottie erreichte und sich fragte, ob er mit ihr reden wollte.

„Ich wollte nur sichergehen, dass Freitagabend noch klar geht."

„Ja. Ich freue mich darauf." Die Frauen aus dem Frauenhaus besuchten ein Seminar in einem anderen Landkreis, und Ashby hatte sich gerne bereit erklärt, als Babysitter einzuspringen. Max würde die Nacht bei einem Freund verbringen, also würden es an diesem Abend nur Ashby und drei süße kleine Jungen sein.

„Ich kann dir nicht genug danken. Das wird ein so gutes Seminar."

„Bist du sicher, dass halb sechs in Ordnung ist?", fragte sie. Am Rande ihres Sichtfeldes sah sie Lance in seinen Truck steigen. Erleichterung erfüllte sie, als sie sich auf Dotties Antwort konzentrierte.

„Ja, wenn wir um die Zeit losfahren, haben wir genug Zeit, dorthin zu gelangen."

Ashby studierte Dottie. Sie war immer schön gewesen, mit ihren schwarzen Haaren, ihrer durchscheinenden Haut und den dunkelblauen Augen, doch Ashby war der Meinung, dass sie, seit sie verkündet hatte, im dritten Monat schwanger zu sein, richtig aufgeblüht war.

„Geht es dir gut?", fragte sie. „Du siehst fantastisch aus."

Dotties Augen funkelten, als sie lächelte. „Ich fühle mich großartig. Ich esse jedoch alles in Reichweite."

Brady parkte neben ihnen und kam herum, um Dottie die Tür zu öffnen. „Ich dachte, ich würde dir ein paar Schritte ersparen." Er strahlte, als er einen Arm um ihre Taille legte und sie an sich drückte. „Ich habe dich in der Sonntagsschule vermisst, Ashby. Hattest du heute Dienst im Flohzirkus?"

Sie lachte. „Ja, hatte ich. Habe ich was verpasst?"

Er sah beleidigt aus. „Einen meiner hervorragenden Vorträge."

Dottie lehnte ihren Kopf an seine Schulter. „Das liebe ich an meinem Mann. Kein bisschen Eitelkeit."

„Er hat allerdings Recht, Dottie. Er ist ein großartiger Lehrer."

„Ich bin sicher, dass er das ist."

„Weißt du", sagte Ashby und begriff plötzlich, dass Dottie, da sie die Sonntagsschulklasse der Kinder unterrichtete, nie in der Klasse ihres Mannes gesessen hatte. „Ich würde gerne irgendwann mal für dich den Unterricht übernehmen, damit du sehen kannst, was er so treibt."

Dottie sah nachdenklich aus. „Das Angebot nehme ich gerne an. Wenn ich weiter bin, brauche ich vielleicht eine Pause."

„Ich werde dich dann später daran erinnern. Pass

auf dich auf." Sie stieg in ihr Auto und sah zu, wie Brady Dottie auf den Sitz half. Als er sie zärtlich küsste, bevor er ihre Tür schloss und zu seiner Seite joggte, schnitt eine scharfe Sehnsucht durch Ashby hindurch. Als sie zurück in die Stadt fuhr, betete sie, dass sie auch einmal so gesegnet sein würde.

Dan hatte es vor ihr zurück zum Haus geschafft, was sie sah, als sie auf den Parkplatz fuhr. Alle dachten, sie sei verrückt, nicht mit diesem unerträglichen Mann auszugehen. Und vielleicht war sie es, als sie in ihre Wohnung huschte, erleichtert, dass sie ihn nicht gesehen hatte. Das war jedoch das Einzige, was ihr einfiel. Er war gefährlich für sie. Trotz allem, was passiert war, und trotz seiner gelegentlich schlechten Manieren fühlte sie sich zu Dan hingezogen.

Sie wusste, was es war. Wie Steven stellte Dan etwas dar, das ihr fehlte – einen sorglosen Geist, eine verpasste Kindheit ... Sie unterbrach diesen Gedankengang und weigerte sich, sich in diesen Schatten zu winden. Ihre Eltern konnten nicht anders, als zu sein, wer sie waren. Sie liebten sie auf ihre eigene Weise. Das sagte sie sich schon seit Jahren, und nur wenn sie sich damit abfand, konnte sie es hinter sich lassen. Nicht, dass ihr das immer gelang. Einige Tage waren besser als andere. Es gab weitaus schlimmere Dinge auf dieser Welt als ihre dummen Probleme.

Wirklich, manchmal fühlte sie sich so kleinlich und verwöhnt. Sicherlich hielt Gott an Tagen wie heute sehr wenig von ihr.

Verärgert zog sie eine weiße Bluse und ihre Lieblingsjeans an. Sie waren weich und abgetragen und so bequem wie ein Babypullover. Ihre Mutter würde sie hassen und ihr erklären, dass sie nichts für eine Frau waren ... und genau deshalb trug Ashby sie.

Sie tat es schon wieder! Was war los mit ihr?

Sie schämte sich für die Idee, dass sie diese Kleider aus Trotz trug, doch Fakt war, dass sie sie wirklich liebte. Die Jeans hatten noch keine Löcher, aber die Knie waren dünn und ein paar andere Stellen waren abgewetzt, also wusch sie sie von Hand, wissend, dass Löcher zwar in Mode waren, sie aber auch bedeuteten, dass das Ende ihrer geliebten Jeans nahe war. Als ein Mädchen, das von Anfang an teure Rüschenkleidchen getragen hatte, konnte sie nicht anders – sie liebte es, sich zu verkleiden. Allerdings nur hinter verschlossenen Türen. Einige Dinge waren zu tief in ihr verwurzelt, um sie vollständig zu verändern. Wenigstens darauf konnte ihre Mutter stolz sein.

Sie fand in seltsamen Dingen Trost, und diese Jeans, die sie zu Hause trug, gehörten dazu.

Sie studierte ihr ordentliches, sauberes Zuhause. Dan hatte es auch genau betrachtet. Sie hatte den

Ausdruck in seinen Augen gesehen, doch er hatte nichts gesagt. Sein ehemaliges Zuhause war wahrscheinlich gelebt gewesen. Sie war überrascht gewesen, als er nichts gesagt hatte, als sie ihren Schrank geöffnet und die Kaffeedose herausgeholt hatte. Er hätte wahrscheinlich nie daran gedacht, sein Trockengut in alphabetischer Reihenfolge anzuordnen. Sie hatte keinen Zweifel daran, dass ihm nie einfiel, sich zu vergewissern, dass auch ja jede Konservendose und jede Packung mit dem Label nach vorn gerade ausgerichtet stand.

Doch dann hatte er wahrscheinlich nicht unter dem Mikroskop gelebt, das von einer unsicheren Mutter gehalten wurde ... Und da war Ashby wieder und rutschte zurück an Orte, an die sie nie gehen wollte.

Alles seinetwegen.

Sie holte eine Tüte gemischtes Gemüse aus dem Gefrierschrank, als es an ihrer Tür klopfte. Sie hielt inne, ihre Finger schlossen sich fester um das kalte Plastik. Trotz jeder intelligenten Gehirnzelle, die sie besaß, wusste sie, dass der verwegene Teil von ihr, der sich entschieden hatte, ihre Lieblingsjeans aus der Schublade zu ziehen, auch gehofft hatte, dass Dan an ihre Tür klopfen würde.

Nicht dass sie gewusst hätte, dass er es war. Doch das war der beunruhigende Teil: sie hoffte, *dass* er es war. Die geistig gefestigte Frau, die sie immer zu sein versuchte, die sich auf ihren Traum von Kindern konzentrierte, wusste, dass das keine gute Idee war. Doch als sie die Packung auf den Tisch legte und zur Tür ging, hörte sie dieser Frau nicht zu. Nicht in diesem Moment.

Ihre Nerven schlugen Purzelbäume, als sie sich mit der Hand durch die Haare fuhr und auf den Türknauf starrte. Es klopfte erneut. Sie holte tief Luft und öffnete die Tür.

KAPITEL DREIZEHN

„Bitte nichts werfen. Ich komme in Frieden", sagte Dan in dem Moment, als die Tür aufschwang. Fast hätte er den Picknickkorb fallen lassen, als er Ashby vor sich stehen sah.

Sicher, er hatte sie schon zuvor leger gekleidet gesehen, doch sie strahlte immer eine Perfektion aus, die alle auf Armeslänge hielt. Nicht so in diesem Outfit ... Er pfiff leise und starrte auf ihre nackten Füße, die „entspanntes Mädchen von nebenan" schrien.

Das war viel besser, als sie mit dem grünen Zeug auf ihrem Gesicht zu finden.

„Du weißt wirklich, wie man einem Mann den Atem raubt", sagte er und begegnete ihren schönen grünen Augen.

„Du würdest alles sagen, um unhöfliches Verhalten wiedergutzumachen", gab sie zurück, doch ihr Ton war nicht streitlustig, was ihm Hoffnung gab.

„Das stimmt. Aber die Wahrheit ist, dass du toll aussiehst."

Ihr Blick schwankte und sie sah fast verletzlich aus, als sie ihr Kinn auf die süße Weise hob, wie sie es oft tat. „In diesen alten Fetzen ..."

Sein Inneres stolperte über die Unsicherheit, die er in diesen Worten hörte. So hübsch sie immer aussah, sie schien ihm nie zu glauben, wenn er ihr ein Kompliment machte. Das war Teil ihres Reizes.

Doch was war an dieser Frau, das ihn immer wieder zurückkommen ließ? Es war mehr als dass sie fantastisch aussah, das wusste er. Clint hatte ihm zuvor gesagt, dass einige der Cowboys gefragt hatten, ob Dan und Ashby zusammen seien. Clint hatte nicht genau gewusst, was er antworten sollte, also hatte er nichts gesagt. Doch offensichtlich dachten die Jungs darüber nach, einen Schritt in Richtung Ashby zu machen.

Ein Teil von Dan wollte sagen, dass es an der Zeit war, dass sie aufhörten, dumm zu sein. Es war der andere Teil, der ihnen sagen wollte, dass sie sich von ihr fernhalten sollten, dass sie sein war. Dass sie ein Paar waren.

Das Problem war, sie dachte, er sei ein unverbesserlicher Flirter. Die Wahrnehmung hatte ihn noch nie gestört, weil er wusste, wer er war. Doch er wollte, dass Ashby ihn als mehr als das sah. Er wollte – nein, er hatte das Bedürfnis, dass sie *ihn* sah. Sein wahres Ich. Doch dazu musste sie tiefer blicken.

„Willst du mich nicht fragen, warum ich hier bin?"

„Warum *bist* du hier?"

Er hob den Korb. „Ich versuche eine neue Taktik. Ich bin von der Kirche nach Hause gekommen, inspiriert, das vorzubereiten, in der Hoffnung, dass du nicht nein sagen könntest, wenn du all die harte Arbeit und Mühe siehst, die ich mir gemacht habe."

„Nein sagen?"

„Ja. Ich hatte gehofft, dass du dich gezwungen fühlen würdest, mir all mein schlechtes Benehmen zu vergeben und Ja zu sagen, wenn ich dich bitten würde, mit mir picknicken zu gehen, wenn du erst einmal gesehen hast, wie viel Aufwand ich für dieses Picknick betrieben habe."

Ihr Blick wanderte zum Korb und zurück zu ihm. Er wedelte damit, wie um einen zusätzlichen Anreiz zu schaffen.

Sie senkte das Kinn und richtete einen ernsten Blick auf ihn. „Was ist da drin?"

Er hielt ihn hinter sich. „Das sage ich dir nicht. Du erfährst es nur, wenn du mit mir kommst."

Er sah, wie das Interesse in ihrem smaragdgrünen Blick wie Glühwürmchen glimmte, und spürte, dass er eine Chance hatte. „Bitte sag nicht nein." Aufrichtigkeit lag in seinen Worten, und er hoffte, dass sie es hörte. „Ich verspreche, auch nichts über deine alphabetisch geordneten Trockengüter zu sagen." So viel zur Aufrichtigkeit. Er hatte nicht vorgehabt, das zu erwähnen.

Ihre Lippen zuckten. „Ich habe mich gefragt, wann du etwas darüber sagen würdest."

„Hey, ich sortiere meine Socken in meinen Schubladen nach Farben."

Sie kicherte. „Was – weiß, weiß und noch mehr weiß?"

Er grinste. „Woher wusstest du das?"

„Nur eine Vermutung", sagte sie, und er sah, wie ihre Spannung nachließ. „Lass mich meine Schuhe holen."

„Deine Schuhe holen –", begann er mit gerunzelter Stirn.

„Ja, damit ich mit dir kommen kann."

Er sah zu, wie sie den Flur entlangging, dann blickte er zur Decke auf und sprach ein Dankgebet. Er hatte endlich ein Date mit Ashby Templeton. *Yee-haw!*

Ashby war sich nicht sicher, was sie tat. Sie fragte nicht

einmal, wo er picknicken wollte, als sie in seinen Truck stiegen. Er war wieder einmal der perfekte Gentleman, wie er an jenem Abend gewesen war, an dem er sie nach dem Ferkeldebakel mitgenommen hatte. Er hielt die Tür für sie auf und hielt ihren Ellbogen, als sie auf den Sitz kletterte. Es war ein wirklich schönes Gefühl und eines, das sie versuchte, aus der richtigen Perspektive zu betrachten. Doch sie musste fair sein, und wenn sie Vergleiche zwischen Dan und Steven anstellte, musste sie zugeben, dass Steven selten einen Stuhl für sie zurechtgerückt oder die Autotür für sie geöffnet hatte, und wenn er es getan hatte, hatte es sich angefühlt, als hätte er es aus einem Nachgedanken heraus getan. Nicht so bei Dan. Er gab ihr jedes Mal ein besonderes Gefühl, wenn er sanft ihren Ellbogen mit einer Hand umfasste und mit der anderen die Tür für sie öffnete. Damit punktete er klar.

„Du willst nicht fragen, wohin ich dich bringe?", fragte er, als sie unterwegs waren.

„Ich dachte, ich lasse mich überraschen." Er lachte, und ein Strom elektrischer Spannung raste durch sie hindurch. Ashby atmete überrascht ein und versuchte sich einzureden, dass sie kein Dummkopf war.

„Ich mag dich, Ash. Du bist ein cooles Ding."

„Ich bin nicht so sicher, ob ein Mädchen als cooles

Dinge bezeichnet werden will. Besonders von einem Mann, der darauf besteht, dass sie sich locker machen muss."

Dans Augen waren ernst, als sie ihre trafen. „Das tut mir leid. Das war unangemessen."

„Kein Thema. Ich weiß es besser als jede andere."

„Das glaube ich nicht. Ich bin bekannt dafür, dass ich mich irre." Er sah sie wieder an. „Wirklich."

„Ach nein, wirklich?", keuchte sie und legte eine Hand auf ihr Herz, so wie sie es ihn so oft tun gesehen hatte.

Er schmunzelte. „Schau, ich weiß immer noch nicht, was bei diesem Radrennen passiert ist." Der Ausdruck auf seinem Gesicht machte deutlich, dass er sich fragte, ob die schlecht gelaunte Frau, die er an diesem Tag getroffen hatte, wieder auftauchen könnte. „Aber ich denke, wir haben uns beide in vielerlei Hinsicht falsch eingeschätzt."

„Da könntest du Recht haben", sagte sie mit sanfter Stimme.

Er streckte ihr eine Hand entgegen. „Hallo, ich bin Dan Dawson, und ich würde gerne von vorne anfangen."

Er wollte, dass sich die Stimmung zwischen ihnen änderte. Und wenn es nach ihm ginge, dann ab sofort.

Sie nahm seine Hand nicht sofort, und er war gezwungen, einen Blick zurück auf die Straße zu werfen. Doch er hielt hartnäckig seine Hand ausgestreckt. Als sie ihre schlanke Hand fest in seine legte, hatte er plötzlich das Bedürfnis, auf die Bremse zu treten, um aus dem Truck springen und ein paar Siegesrunden drum herum laufen zu können.

Stattdessen drückte er ihre Hand und lächelte. „Du hast mir gerade den Tag versüßt."

„Irgendwie kann ich mich nicht dazu bringen, das zu glauben. Obwohl wir uns vielleicht ein bisschen falsch eingeschätzt haben."

„Ein bisschen?", neckte er. „Du denkst, alles, was ich tue, ist flirten und ich ..." Er hielt abrupt inne und dachte, es wäre besser, nicht darüber zu reden.

Sie lachte wieder. „Du flirtest viel." Sie nahm ihre Hand zurück, als er sie mit gerunzelter Stirn ansah. „Und du hast mich aus heiterem Himmel geküsst. Das verstehe ich immer noch nicht."

Er starrte auf ihre Lippen. Er verstand es. Und jetzt würde er sich ins eigene Fleisch schneiden, also hoffte er, dass sich Ehrlichkeit auszahlen würde. „Was soll ich sagen? Du hast einfach so küssbar ausgesehen."

Sie verdrehte die Augen. „Funktioniert dieser Spruch wirklich für dich?"

Ihre Frage ging tief. „Es war kein Spruch." Es war die absolute Wahrheit gewesen. Sie sah ihn mit Augen an, die ihm sagten, dass sie nicht sicher war, ob sie seinen Worten glauben konnte. „Ashby, anders als du vielleicht denkst, küsse ich Frauen normalerweise nicht aus heiterem Himmel, um deine Worte zu zitieren." Seine Auffahrt kam in Sicht, und er konzentrierte sich auf sein Haus anstatt auf den Heuballen, der plötzlich in seiner Kehle steckte.

Jemand hatte einen Bulldozer gebracht, nachdem er gestern gegangen war. Es wartete darauf, dass der Bautrupp morgen weiter arbeitete.

„Also ebnen sie es morgen ein", bemerkte Ashby, und der ganze Humor war verflogen, als sie das Thema wechselte.

„Sieht so aus. Ich werde froh sein, wenn sie fertig sind. Ich denke positiv, aber jeden Tag die Ruine zu sehen, ist nicht der schönste Anblick." Das hatte er noch niemandem gesagt.

„Du hast wirklich eine großartige Herangehensweise, was die Situation angeht. Du hast mich inspiriert … und überrascht." Ashbys sanfte Worte überraschten *ihn* und bauten ihn gleichzeitig auf.

Vielleicht hatte sie ihn doch nicht ganz abgeschrieben.

„Danke", sagte er und begegnete ihrem Lächeln mit seinem.

„Ich dachte nur, da wir buchstäblich eine neue Seite aufgeschlagen haben, dass ich ehrlich zu dir sein sollte."

Als er am Haus vorbeifuhr und der Schotterstraße folgte, die sich durch seine Weiden schlängelte, fühlte sich Dan plötzlich viel besser. Er und Ashby *hatten* eine neue Seite aufgeschlagen – das hörte sich gut an. Wirklich gut.

„Du denkst also, es gibt Hoffnung für den unverbesserlichen Mr. Dawson?"

Sie lachte. „Möglich. Aber lass dir das jetzt nicht zu Kopf steigen."

„Wer, ich? Niemals." Er hielt den Truck unter einer großen Eiche an. „Außerdem weiß ich, dass der einzige Grund, warum du so nett zu mir bist, der ist, dass du denkst, dass ich die andere Hälfte des Käsekuchens im Korb habe."

„Und damit hast du absolut recht."

Eine unwiderstehliche Anziehungskraft verband sie, als sich ihre Blicke trafen und festhielten.

Ashbys Verteidigung brach um sie herum zusammen,

und sie wusste es.

„Wo sind wir?", fragte sie und riss ihre Aufmerksamkeit von ihm los.

„Das ist eine Überraschung", sagte er.

Ashby sah ihn nicht an, konnte aber das Lächeln in seiner Stimme hören, und selbst das stellte seltsame Dinge mit ihrem Innersten an. Sie sprang aus dem Truck, bevor er es schaffte, ihre Tür für sie zu öffnen. Das Stirnrunzeln ihrer Mutter wäre riesig gewesen – was Ashby zum Lächeln brachte.

„Darf ich das Geheimnis erfahren?", fragte Dan und nahm den Picknickkorb vom Rücksitz.

Verlegenheit färbte ihre Wangen rot, und sie kickte gegen einen Stein, fühlte sich dumm. Und ein bisschen gemein. „Ich schäme mich zu sagen, dass ich mich schlecht benommen habe."

„Nun, ich dachte, wir wären darüber hinweg?"

Sie lachte. „Die Stimme meiner Mutter folgt mir manchmal. Sie würde es wirklich hassen, dass ich aus dem Truck gestiegen bin, ohne, dass du mir die Tür aufhalten konntest."

„Ahh, und meine Mutter hätte mir dafür in den Ohren gelegen, dass ich mich nicht schneller bewegt habe, um sie zu öffnen."

Ashby biss sich auf die Lippe, um ein albernes Grinsen zurückzuhalten. „Mütter."

Jetzt war er an der Reihe zu lachen. „Man muss sie einfach lieben. Hier lang." Er ging ihr voraus. „Pass auf, wo du hintrittst."

Sie folgte ihm auf einem felsigen Pfad, der sich an einem großen Feigenkaktus vorbeischlängelte, an dem riesige gelbe Blüten blühten. Es war auf eine einzigartige Weise wunderschön.

„Also, wohin gehen wir?", fragte sie, den Blick gesenkt.

„Dahin, gleich hinter diesem Hügel." Er nahm ihren Arm und half ihr um einen großen Felsen herum. Seine Hand blieb unter ihrem Ellbogen, als sie den Kamm erklommen, und sie fand seine Ritterlichkeit reizend. Und das Gefühl auch.

„Oh!", keuchte sie, als sie das Sonnenblumenfeld sah, das sich vor ihnen ausbreitete. Sie waren unglaublich, die großen Gesichter zur Sonne erhoben. „Was für ein glücklicher Ort", sagte sie und konnte den Blick nicht von dem gelben Meer vor dem Hintergrund eines klaren blauen Himmels losreißen.

„Genau die Reaktion, dich ich mir erhofft hatte", sagte Dan leise.

„Hast du die gepflanzt?"

„Nein. Bin nur eines Tages beim Reiten auf das Feld gestoßen."

Ashby musste sich kneifen. Und tat es wirklich.

Wie um alles in der Welt war sie an einem sonnigen Sonntagnachmittag in einem Sonnenblumenfeld mit einem umwerfend attraktiven Cowboy gelandet?

„Da ist wieder dieses Lächeln, bei dem deine Augen voller eigener Geheimnisse zu sein scheinen. Sag mir, dass du nicht wieder an deine Mutter denkst. Ich muss zugeben, dass es dem Ego eines Cowboys keinen Gefallen tut, wenn sein Date immer wieder an seine Mutter denkt." Dan schob seinen Hut zurück und schenkte ihr ein süßes Harry Connick Jr.-Lächeln.

„Nein, ich denke nicht an meine Mutter. Hat dir jemals jemand gesagt, dass du wie Harry Connick Jr. aussiehst?"

Er reichte ihr den Picknickkorb und nahm die Decke von seiner Schulter. „Ich hatte wirklich gehofft, du würdest mich um meinetwillen lieben. Nicht, dass ich etwas gegen ihn hätte. Aber ich sehe besser aus. Ich dachte eher an diesen anderen Typ, weißt du – sexieste Mann aus dem People Magazine."

Ashby lachte. „Oh, bitte, es liegt mir fern, dein Ego verletzen zu wollen."

„Das tust du auch nicht." Er zwinkerte ihr zu und breitete die Decke auf dem Boden aus. Sie setzten sich, den Korb zwischen ihnen.

„Während ich dieses mächtige feine Festmahl heraushole, das ich für dich vorbereitet habe, erzähl mir von dir. Betrachte es als Gebühr."

Ashby faltete die Hände in ihrem Schoß und sah zu, wie er mit einem schelmischen Glitzern in den Augen in den Korb spähte. „Ich weiß, dass du von irgendwo in Kalifornien hierhergekommen bist", fuhr er fort. „Dieser Ort wächst plötzlich dank all der Zugezogenen. Was ist damit?"

Es war wahr. „Ist das nicht seltsam? Ich würde sagen, es hat mit der ursprünglichen Werbekampagne zu tun, die die Ladys hier mit ihrer *Ehefrauen gesucht-* Kampagne gestartet haben. Ich denke, sie haben die Westküste und einige südliche Staaten ins Visier genommen. Dottie und die Frauen aus dem Frauenhaus sind jedoch nicht wegen der Anzeigen hierhergekommen. "

„Nein, Gott hat sie hierher geführt. Denkst du nicht auch?"

Ashby studierte Dan. Für einen Mann schien er sich dessen so sicher zu sein. Nicht, dass ein Mann nicht aufrichtig klingen konnte, wenn es um das Wirken Gottes ging, doch Dan akzeptierte es mit solcher Leichtigkeit.

„Ja, ich glaube, dass er die Hände im Spiel gehabt hat. Ich glaube, dass wir alle irgendwann dort landen, wo Gott uns haben will, doch er kann uns als Werkzeuge benutzen, wo immer wir sind."

„Ja. Das ist ein anderer Blickwinkel. Auf jeden Fall glaube ich, dass Gott die Kontrolle hat."

Als wäre Ashby eine Schülerin, die für die richtige Antwort belohnt wurde, holte Dan den Käsekuchen heraus, und sein Grinsen wurde breiter, als sie vor Glück strahlte.

Ashby sah zu, wie Dan das übrige Essen herausholte – dicke Roastbeef-Sandwiches, ein paar Flaschen Wasser und eine Schale Erdbeeren. Ihr Magen knurrte wenig damenhaft, als er das Essen vor sich auf die Decke stellte.

„Whoa, die Lady hat Hunger", neckte er sie und reichte ihr ein Sandwich. Als sie es nehmen wollte, hielt er es grinsend fest. „Lass uns dem Herrn für den Käsekuchen danken."

Es war Ashby peinlich zu bemerken, dass sie ihren Kopf nicht mit ihm gesenkt hatte. Sie war zu fassungslos und zu erstaunt über diesen Tag. Was für eine unerwartete Wendung wenige Stunden doch bringen konnten. Während er betete, betrachtete sie, wie sein dunkles Haar in seine Stirn fiel und wie lang seine dunklen Wimpern auf seiner Haut waren. Sie wollte nicht abgelenkt werden, doch sie war wie hypnotisiert, ehe sie sich's versah. Dieser Mann war voller Widersprüche.

Als er sein Gebet beendet hatte, hob er seinen Blick

zu ihrem. Was sie in seinen Augen sah, war so warm wie das Sonnenlicht und ließ ihr Herz höher schlagen. Gefährlich. Sie wandte den Blick ab und hoffte, dass er die Verwirrung, die sie empfand, nicht sehen konnte.

„Erzähl mir von deiner Familie", sagte er.

„Meiner Familie?"

Er nickte. „Ja, hast du eine große oder eine kleine Familie? Ich möchte wissen, wie Ashby Templeton tickt. Wenn du willst, kannst du mir auch sagen, dass ich mich um meinen eigenen Mist kümmern soll."

Ashby zögerte. Sie war dankbar, dass sie sich auf etwas anderes konzentrieren konnte als auf ihre Gefühle, doch über ihre Familie zu sprechen war nicht ihre erste Wahl. Dan beobachtete sie genau, und sie schenkte ihm ein schwaches Lächeln.

„Sie leben in Pacific Heights. Ich bin ein Einzelkind." Ihre Worte klangen sogar in ihren eigenen Ohren knapp, und sie erkannte, dass es nicht einfach sein würde, über ihre Eltern zu reden. Was hatte sie sich vorgestellt? Sie biss in ihr Sandwich und versuchte verzweifelt, sich zu entspannen.

Es war üblich, sich über die Familie des anderen zu unterhalten. Es war ein normales Gespräch. Besonders beim ersten Date. Es sollte ein sicheres Thema sein.

Dan beobachtete Ashby mit unverhohlenem Interesse.

Sie sah aus, als würde sie in einem Sternerestaurant anstatt auf einer Decke mitten in einem Sonnenblumenfeld sitzen. Er konnte sein Lächeln nicht unterdrücken.

„Haben sie deinen Umzug unterstützt?"

Sie schüttelte den Kopf und schluckte, bevor sie näher darauf einging. „Nein. Überhaupt nicht. Ich kann ihnen jedoch keinen Vorwurf daraus machen. Wenn ich jemals das Glück habe, Kinder zu haben, würde ich es auch hassen, wenn sie sich zu weit von mir entfernen. Ich würde mich an sie klammern und sie niemals gehen lassen wollen." Sie seufzte. „Ich hoffe nur, dass ich Kinder haben werde, die das tolerieren können. Sie tun mir jetzt schon leid "

Ashby wich seinem Blick aus, als sie erneut in ihr Sandwich biss. Da war etwas zwischen ihr und ihren Eltern. Er hörte es in ihrer Stimme und sah es in ihren Augen, wenn sie von ihnen sprach. Sie bemühte sich, es zu verbergen, doch es war da. Er wusste, wie man zwischen den Zeilen las, wenn es darum ging, was jemand über seine Familien sagte.

Er wechselte das Thema und wollte sie trotz seiner brennenden Neugier nicht vergrätzen. Doch er konnte nicht anders, als auf ihre andere Bemerkung einzugehen. Auch, wenn es für ein erstes Date ein bisschen persönlich sein mochte, war es für ihn von großer Bedeutung.

„Also, wie sehr wünschst du dir Kinder?"

Ihre Augen wurden wehmütig. „Von ganzem Herzen. Ich träume davon. "

Dan schluckte schwer, überrascht von ihrer Süße. Ashby würde eine sanfte und fürsorgliche Mutter abgeben.

„Willst du Kinder?"

Er blinzelte, und ihre Worte rissen ihn aus seinen Gedanken. „Ich habe mich noch nicht entschieden", platzte er heraus, und selbst in seinen Ohren hörte er sich wie ein Idiot an. Er räusperte sich und hoffte, den Nebel aus seinem Gehirn vertreiben zu können. „Ich muss noch viel schaffen, bevor ich darüber nachdenken kann. Ich habe langfristige Pläne, auch wenn du mir das vielleicht nicht zutraust." Das war jetzt auch nicht richtig herausgekommen.

Sie saß gerader da, als hätte er sie mit der Bemerkung irritiert.

Sie legte ihr Sandwich ab. „Ich habe nie unterstellt, dass du keine langfristigen Pläne hast."

„Ich habe was anderes gehört. Davon abgesehen, was solltest du erwarten? Es ist nicht so, als würde ich mich so benehmen", sagte er sanfter und hoffte, die Stimmung damit aufzuhellen, da er wusste, dass es die Wahrheit war. Er wollte, dass sie ihn in einem besseren Licht sah, doch er drückte sich immer wieder falsch aus.

Sie bewegte sich. „Nun, wie wir bereits festgestellt haben, haben wir vielleicht beide voreilige – falsche – Schlüsse über einander gezogen."

Damit hatte sie Recht. „Das haben wir gesagt, nicht wahr?"

Die Luft knisterte, als sie eine Augenbraue hob und ihn ansah. Er schmunzelte. Er mochte Ashby Templeton. Und war mehr als ein bisschen neugierig, welche Geheimnisse sie hinter ihren schönen Augen verbarg.

„Wie wäre es jetzt mit dem Käsekuchen?", fragte er und reichte ihr den Teller.

Ihre mysteriösen Augen funkelten, als sie ihn nahm. „Funktionieren deine Friedensangebote immer?"

Er fühlte sich großartig und warf ihr ein neckendes Lächeln zu. Dann streckte er sich auf der Decke aus, schlug seine Stiefel übereinander, faltete die Hände hinter dem Kopf und blickte zu den Wolken auf. „Wenn ich Käsekuchen benutze, immer."

„Habe ich dir in letzter Zeit gesagt, dass du unverbesserlich bist?"

„Ja", sagte er und grinste immer noch. „Aber mach nur. Mir gefällt wirklich, wie du es sagst."

KAPITEL VIERZEHN

„Mir ist aufgefallen, dass er immer Stacys Nähe sucht", sagte Ashby am Donnerstag, als sie und Rose neue Waren auslegten. Sie konnte nicht anders; sie hatte das Bedürfnis, bestimmte Fragen über Dan beantwortet zu bekommen. Rose lebte im Frauenhaus und konnte ihr vielleicht einen Einblick in den Mann geben, über den sie seit ihrem Picknick am Sonntag ständig nachgedacht hatte. Nicht, dass sie ihn seitdem gesehen hätte. Er mochte ihr Nachbar sein, doch er arbeitete so viel, dass sie ihm die ganze Woche nicht begegnet war.

Da er ein Teilzeit-Hufschmied war, hatte sie tatsächlich darüber nachgedacht, ein Pferd zu kaufen, das Hufeisen brauchte, damit sie ihn beauftragen konnte.

Da draußen auf seinem Sonnenblumenfeld war

etwas passiert, und ihre Gedanken waren immer wieder zu dem zweistündigen Mittagessen zurückgekehrt, das sie dort mit Dan verbracht hatte. Manch einer würde sagen, es war eine romantische Erfahrung ... Sie musste dieses Bild aus ihren Gedanken verdrängen. Es war eine Erfahrung gewesen, die ihr die Augen geöffnet hatte. Sie hatte seine Gesellschaft sehr genossen. Sie hatten geredet und gelacht, und sie war traurig gewesen, als er sie schließlich nach Hause gebracht hatte. Wenn überhaupt, hatte ihr dieser Nachmittag mehr Denkanstöße gegeben. Besonders in Bezug auf die Dinge, die sie an ihm verwirrten und beunruhigten.

Rose begegnete ihrem fragenden Blick mit einem Lächeln. „Er ist so ein Schatz. Weißt du, dass er einer der größten Spender des Frauenhauses ist? Ich sollte das nicht wissen, aber ich war eines Tages im Büro, als Dottie die Bücher gemacht hat, und habe das Spendenbuch gesehen. Ich sollte ein schlechtes Gewissen haben, aber das tue ich nicht. Es hat meinen Respekt vor ihm wirklich nur weiter wachsen lassen.''

Ashby war doppelt überrascht. Erstens über die Tatsache, dass Dan es offensichtlich regelmäßig tat, und zweitens, dass Rose ihr etwas erzählte, das sicherlich vertraulich sein sollte. Rose war keine Tratschtante.

Als würde sie ihre Gedanken lesen, wurde ihre Freundin rot. „Ich weiß, ich hätte das nicht sagen sollen, aber ich dachte, du solltest es vielleicht wissen."

„Warum sollte ich das wissen sollen?", fragte Ashby und hängte ein aquamarinblaues Kleid auf einen Kleiderbügel, dann ging sie zur gegenüberliegenden Wand und hängte es an das Ende eines Kleiderständers. Sie fluffte es auf und spürte Roses Blick auf sich.

„Ashby, ich arbeite mit dir. Erinnerst du dich an unser Gespräch auf Max' Geburtstagsparty? Komm schon, es ist kein Geheimnis, dass du ernsthaft ein Problem mit irgendetwas an ihm hast. Und ich weiß nicht, ob es dafür einen wirklichen Grund gibt."

Ashby warf einen Blick über ihre Schulter und nickte. „Ich muss zugeben, dass ich ihn vielleicht ein wenig falsch eingeschätzt habe." Nicht, dass sie viel über ihn gewusst hätte. Irgendwie hatte er es am Sonntag geschafft, das Gespräch von sich fernzuhalten. Zumindest von allem Persönlichen. Sie war sich nicht sicher, wie es passiert war, doch sie hatte später bemerkt, dass er es geschickt vermieden hatte, ihr viel zu erzählen, was sie noch nicht gewusst hatte.

Sie hatte nur erfahren, dass er sich noch nicht entschieden hatte, ob er Kinder wollte. Da sie nicht vorhatte, ihn zu heiraten, hätte diese Information sie nicht stören sollen. Doch das tat sie. Persönlich konnte sie nicht verstehen, wie jemand in Betracht ziehen konnte, *keine* Kinder zu haben. Und angesichts der

Tatsache, wie viel Spaß er mit den Jungs auf Max' Geburtstagsparty gehabt hatte, war es eine Überraschung, dass er so empfand. Es machte sie neugierig auf ihn, und so sehr sie es hasste, es zuzugeben, gab es einen Punkt in ihrem Herzen, der Mitleid empfand.

Sie würde niemals einen Mann heiraten, der keine Kinder wollte. Doch sie würde Dan Dawson sowieso nie heiraten, also was bedeutete das?

Trotzdem waren all ihre Verteidigungsbollwerke ihm gegenüber trotz ihrer Vorbehalte gefallen, doch sonst hatte sich nichts geändert. „Er flirtet so viel. Mit allen, besonders mit Stacy, und sie ist so zerbrechlich. Scheint das nicht so, als würde er mit ihr spielen?" Ashby konnte diesen Gedanken einfach nicht loswerden.

Rose sah nachdenklich aus. „Wie ich dir schon sagte, achte darauf, wie er mit Stacy oder den anderen Mädchen aus dem Frauenhaus spricht. Du wirst sehen, dass es einen Unterschied in der Art gibt, wie er mit dir flirtet." Sie lächelte, als Ashby die Stirn runzelte. „Es ist so. Er geht mit uns um, als wären wir Schwestern. Das tut er nicht, wenn er mit dir spricht. Und ich sage dir, seine Augen leuchten, wenn er dich ansieht."

„Einen Moment lang hattest du mich gerade. Aber

seine Augen leuchten nicht. Selbst wenn sie es getan haben, hat er gesagt, dass er nicht an einer ernsthaften Beziehung interessiert ist. Er weiß nicht einmal, ob er Kinder will."

„Er wird Kinder wollen, wenn er die richtige Mutter für sie trifft." Rose stützte die Hände in die Hüften. „Und wenn du hundert verheiratete Männer fragen würdest, würden die meisten sagen, dass sie bis zu dem Tag, an dem sie ihre Frauen getroffen haben, genauso gedacht haben. Ashby, nimm die Chance wahr und schau, wohin der Weg führt. Wenn es Funken zwischen mir und Dan gäbe, kannst du sicher sein, dass ich keinen Moment zögern würde. Er ist ein guter Mann. Und ich liebe diese spielerische Seite an ihm."

Ashby biss sich auf die Lippe und dachte darüber nach, wie sehr sie seine Gesellschaft genossen hatte und wie sehr sie die ganze Woche gehofft hatte, ihn zu sehen. Wenn sie ehrlich war, musste sie zugeben, dass sie enttäuscht war, dass sie einander nicht über den Weg gelaufen waren.

„Unser gemeinsames Mittagessen war schön." Und da war der Kuss, dachte sie, obwohl sie Rose nichts darüber gesagt hatte. Es hatte auch einen Moment gegeben, als er sie an ihrer Tür verabschiedet hatte ... Sie hatte gedacht, er könnte sie wieder küssen, also hatte sie ihm für die schöne Zeit gedankt und war hineingestürzt, bevor er die Gelegenheit dazu gehabt hatte.

„Trotzdem glaube ich es nicht", sagte sie und biss sich erneut auf die Lippe.

„Was? Ashby, wenn er dich noch einmal um ein Date bittet, geh. Du kannst nicht wissen, ob es echte Chemie gibt, wenn du keine Zeit mit ihm verbringst. Oder?"

Ja, dachte Ashby. Doch das war das Problem: sie wusste, dass zwischen ihnen Chemie existierte. Und das machte ihr mehr Angst als alles andere seit langer Zeit.

Dan hatte eine arbeitsreiche Woche. Zwischen dem Kauf von Rindern für mehrere Kunden und seinem Hufschmiedegeschäft hatte er manchmal keine Zeit, sich um seine eigene Ranch zu kümmern. Er würde nächste Woche seinen Schmiedehut aufsetzen und ein paar Pferde beschlagen, doch diese Woche drehte sich alles um den Viehhandel. Als er am Freitagnachmittag von der Interstate abfuhr und in Richtung Mule Hollow rollte, war er froh, zu Hause zu sein.

Als er in seine Einfahrt einbog, um seinen Viehanhänger abzustellen, hatte er gemischte Gefühle, als er die neue Fundamentplatte betrachtete. Doch er weigerte sich, sich damit zu beschäftigen, und war froh, dass Will den endgültigen Entwurf der Pläne für das neue Haus zur Abholung bereit hatte.

Es war fast vier Uhr, als er zu ihm fuhr. Dan konnte nicht anders, als Wills Hof zu bewundern. Er und seine Frau Haley hatten viele Stunden investiert. Es war schön zu sehen, wie sie es liebten, Zeit miteinander zu verbringen. Dan fragte sich, ob sie wussten, wie glücklich sie sich schätzen konnten, einander zu haben. Was es für ihre Kinder bedeuten würde, in der stabilen Umgebung aufzuwachsen, die sie für sie bauten.

Er klingelte und innerhalb von Sekunden wurde die schwere, maßgefertigte Tür von Haley geöffnet. Haley Sutton war groß, hatte blonde Locken und sah aus wie eine Barbie-Puppe. Sie war schön und unglaublich süß. Sie war auch eine kluge Geschäftsfrau, die kürzlich ein Immobilienbüro an der Main Street eröffnet hatte.

„Dan." Sie lachte, und er konnte ein Murren aus dem Flur hinter ihr hören. „Beeil dich! Komm rein und entscheide die Debatte, die wir führen." Sie packte ihn am Arm und zog ihn ins Haus. Dan lachte auch, als sie ihn praktisch ins Wohnzimmer zog.

Will stand mitten im Raum. „Hey, Kumpel", rief er über die Schulter. „Wenn ich du wäre, würde ich mir die Pläne schnappen und die Flucht ergreifen." Er nickte zu dem Tisch, auf dem ein langer Drehpack lag. Dan nahm an, dass seine Blaupausen darin waren.

„Nein", sagte Haley, stellte sich neben ihren Ehemann und legte einen Arm um seine Taille, als er seinen Arm über ihre Schultern legte. „Dan, du musst uns sagen, was dir besser gefällt –*staubiges Sandbeige* oder *heimeliger Hummus*?"

„*Heimeliger Hummus*?", wiederholte Dan. „Was für ein Name ist das denn?" Er und Will sahen einander an und lachten.

„Lach nicht, die Namen waren nicht meine Idee." Haley rümpfte die Nase.

„Bitte sag ihr, dass wir unmöglich das Wohnzimmer in *heimeligem Hummus* streichen können", flehte Will und hielt ihr den Mund zu, als sie anfing zu protestieren. „Das ist einfach nicht richtig. *Staubiges Sandbeige* ist eine Cowboy-Farbe, während *heimeliger Hummus* wie etwas klingt, das überfahren wurde und im Garten gestorben ist." Haley versuchte, an Wills Hand vorbei zu sprechen, ihre Augen funkelten amüsiert.

Dan grinste und beobachtete sie. „Klingt nach was Grünem, das in meinem Kühlschrank wächst. *Heimeliger Hummus* ist das Farbmuster links?"

Will nickte heftig, konnte aber nichts sagen, da Haley sich herumgedreht und jetzt seinen Mund zuhielt und zu heftig kicherte, um selbst zu antworten. Sie benahmen sich wie Kinder! Und waren viel zu sehr in ihre spielerische Debatte vertieft, um sich wirklich dafür zu interessieren, was er dachte. Für Dan war es offensichtlich, dass das, was er gestört hatte, eine amüsante Diskussion war.

Er trat an den Tisch und hob den Drehpack auf. Es war mehr als klar, dass drei hier einer zu viel waren. „Ich denke, ihr könnt euch selbst einigen. Obwohl", sagte er und blieb im Flur stehen, „ich würde das Sandbeige nehmen. Männer müssen irgendwo die Grenze ziehen und Penicillin an der Wand – nicht gut. Danke für die Pläne. Wir reden morgen."

„Ja, ich ruf dich an!", rief Will ihm nach.

Dan bemerkte, dass er nicht versuchte, ihn vom Gehen abzuhalten.

Ehe. Manche Leute schafften es, die Institution mächtig ansprechend aussehen zu lassen.

Dan grinste, als er die Tür hinter sich zuzog und auf seinen Truck zuging. Eines Tages, wenn er bereit und die Zeit reif war, würde er haben, was diese beiden hatten.

Und wie sie es die ganze Woche immer wieder getan hatte, kam Ashby Templeton aus den Schatten seiner Gedanken heraus und drängte sich wieder in den Vordergrund. Es war nicht zu leugnen, dass er ihr

Picknick am Sonntagnachmittag genossen hatte. Sie war ein Rätsel, an dem er zu knabbern gehabt hatte, seit sie sich an diesem Nachmittag an ihrer Tür verabschiedet hatten.

Er war am nächsten Morgen früh mit einer Ladung Vieh losgefahren und erst spät nach Hause gekommen. Diese Woche war es jeden Tag so gewesen. Er hatte ein paarmal darüber nachgedacht, an ihre Tür zu klopfen, doch er dachte, sie wäre wahrscheinlich nicht zu begeistert, wenn ihr verrückter Nachbar sie gegen Mitternacht wecken würde. Vor allem, wenn er keinen Käsekuchen dabeihatte. Heute Abend kam er zu einer normalen Zeit zurück und hoffte, dass sie zu Hause war.

KAPITEL FÜNFZEHN

Sie war zu spät. Sie war zu spät. Sie war zu spät. Ashby eilte die Treppe hinunter, um zum Frauenhaus zu gelangen. Aus Notwendigkeit hatte sie sich Zeit genommen, um das Kleid, das sie heute im Laden getragen hatte, auszuziehen und stattdessen eine Hose zu tragen. Sie erwartete eine lebhafte Nacht, in der sie auf dem Boden herumkrabbelte und mit einer Horde wilder kleiner Jungen spielte. Sie hatte es nur für klug gehalten. Trotzdem war es ihr unangenehm, dass sie zu spät kam. Ein platter Reifen war nicht das, was sie brauchte, als sie zu ihrem Auto kam. „Nicht jetzt", stöhnte sie, als Dan gerade auf den Parkplatz fuhr.

„Hey", rief sie, bevor er zum Stillstand kam. „Ich habe einen Platten und muss dringend wohin." Ohne auf eine Einladung zu warten, riss sie die Tür auf und sprang in seinen Truck.

„Sicher", sagte er, legte den Rückwärtsgang ein und fuhr ohne zu zögern los. Auf der Straße hielt er an. „Wohin fahren wir?"

„Zum Sicheren Hafen. Ich babysitte die Jungs, während alle zu einem Meeting gehen, und ich soll in fünf Minuten da sein."

Er grinste sie an. „Und das wirst du."

Als er den Truck in die richtige Richtung fuhr, schnallte sie sich an. „Danke! Es wäre mir furchtbar unangenehm, wenn sie meinetwegen später losfahren würden, da sie sowieso eine zweistündige Fahrt vor sich haben."

„Kein Problem. Ist jemand da, der dir hilft?"

Sie sah ihn an, und obwohl sie es wirklich hasste, es zuzugeben, freute sie sich, ihn zu sehen. „Nein. Nur die Jungs und ich. Die kleinen Jungs. Max übernachtet bei einem Freund."

„Wow, tapfer."

Sie begegnete seinem Lächeln. „Nicht wirklich. Das sind gute kleine Jungs. Und im Gegensatz zu den Gerüchten, die hier im Ort kursieren, kann ich mich beim Spielen mit den Besten messen."

Er lachte. „Du wirst das nie auf sich beruhen lassen, oder?"

„So, wie du mir das unter die Nase gerieben hast? Niemals, Cowboy."

Als sie am Frauenhaus ankamen, fanden sie eine Menge Action vor, als sie über Last-Minute-Änderungen informiert wurden, bevor Dottie und die vier anderen Frauen sich in den Van stapelten und wegfuhren.

Dan stand auf der Veranda und unterhielt sich mit den drei kleinen Jungen, während Ashby den Frauen zum Abschied nachwinkte.

„Die Jungs und ich dachten, dass Schaukeln Spaß machen könnte", sagte er und grinste wie ein Kind.

Ashbys Herz machte einen kleinen Freudensprung, als sie den bunten Haufen betrachtete. Es war ein sehr gefährliches Bild. „Ich dachte, du fährst zurück in den Ort."

„Dan, spiel mit uns", sagte Jack und zog an seiner Hand.

Dan grinste Ashby an. „Nur, wenn du mich rauswirfst. Warum sollten diese Jungs mit dem hübschesten Mädchen im ganzen County rumhängen, während ich alleine nach Hause muss?"

„Komm schaukeln", forderte Gavin und schloss sich seinem Bruder an. Die Zwillinge sahen sich nicht ähnlich, doch sie dachten offensichtlich gleich.

„Warte, kleiner Kumpel, wir müssen sehen, was die Chefin sagt." Dan hob eine Augenbraue und schenkte Ashby ein Lächeln.

Ashby sah den lächelnden Mann an und konnte sich nicht vorstellen, dass er vielleicht keine Kinder wollte. Er war ein Naturtalent mit ihnen. „Okay. Du kannst mit uns schaukeln." Irgendwie hatte dieser Abend eine unerwartete Abzweigung in eine Straße genommen, von der sie nicht so sicher war, ob sie sie intelligent navigieren konnte.

„Yee-haw, Jungs, los geht's!", johlte Dan und schwang Baby Bryce in seine Arme, während Gavin und Jack die Stufen hinunterrannten. Blitzschnell bogen die Jungen um die Ecke zu der großen Schaukel, die die Männer aus dem Ort gebaut hatten.

Dan bot ihr den Arm an. „Kommst du?" Rose' Worte vom Vortag kreisten in Ashbys Gedanken. Gab es einen Unterschied in der Art, wie er mit ihr flirtete? Oder wie er sie ansah? Sie hasste es, es zuzugeben, doch sie hoffte es, denn der Mann hatte eine Art, sie anzusehen, die ihr den Atem raubte.

Und den Verstand.

„Wie macht die Eisenbahn?", fragte Jack und gähnte dann.

Er war der Letzte, der noch nicht eingeschlafen war, und Dan stand in der Tür und sah zu, wie Ashby dem Jungen die Haare aus dem müden Gesicht strich.

„Tut-tut", antwortete sie.

Von seinem Platz aus konnte Dan ihr Gesicht nicht sehen, doch er konnte das Lächeln in ihrer Stimme hören.

Er gähnte selbst, als sie die Geschichte fortsetzte, die sie den Zwillingen erzählt hatte. Gavin war kurz zuvor eingeschlafen, und Dan wusste, dass es nur eine Frage von Minuten war, bis Jack auch den Kampf aufgab. Dan hatte den ganzen Abend genau beobachtet, wie gut Ashby mit den Jungen umging. Die Dreijährigen waren äußerst neugierig und schienen sich sehr gut eingelebt zu haben. Und sie waren glücklich. Ihre Mütter hatten gut daran getan, sie in so jungen Jahren von ihren gewalttätigen Vätern wegzubringen. Im Gegensatz zu ihm würden diese Jungen wahrscheinlich keine Erinnerungen an ihr früheres Leben haben … was gut war. Seine Mutter hatte mit dem Bedauern gelebt, dass sie ihn bis zu seinem sechsten Lebensjahr in Gefahr gebracht hatte. Er dachte manchmal, dass ein Grund, warum er so schnell angefangen hatte zu lächeln, als sie im Frauenhaus gewesen waren, der war, dass er so dankbar war, dass er an diesem Tag keine Prügel bekommen hatte.

„Dan, bist du wach?"

Ashbys leises Flüstern in seinem Ohr ließ ihn aufschrecken. Er öffnete die Augen. „Sicher. Ich habe nur nachgedacht", sagte er und verscheuchte die Gedanken.

Er erlaubte sich nicht oft, an diese ersten Jahre seines Lebens zu denken. Hoffentlich würden sie eines Tages vollständig aus seinen Erinnerungen verschwinden. Doch da das nicht geschah, verdrängte er sie in der Regel, wenn sie versuchten, sich an die Oberfläche zu drängen. Als er Ashby ansah, spürte er eine Sehnsucht tief in sich. Sie würde eine wunderbare Mutter abgeben. Sie weckte in ihm den Wunsch nach einer Familie.

„Komm, lass uns gehen, damit wir niemanden wecken." Er legte seinen Arm um Ashbys Schultern und umarmte sie sanft, als sie zusammen die Treppe hinuntergingen. „Ich bin erledigt. Wer hätte gedacht, dass drei kleine Kerlchen, die mir kaum bis an die Knie reichen, so viel Energie haben?"

Ashby lachte. „Aber ist es nicht wunderbar?"

„Ja."

Als sie im Wohnzimmer ankamen, ließ er sich auf das Sofa fallen und legte seine besockten Füße auf den Sofatisch. Er hatte einen schönen Abend gehabt, doch er freute sich auf ein wenig Zeit allein mit dem Babysitter.

Er klopfte auf das Kissen neben sich. „Komm her, Darlin', und leg deine hübschen Füße neben meine. Du hast es verdient." Sie zögerte kurz, doch dann setzte sie sich tatsächlich neben ihn. Er legte seinen Arm nicht um sie, sondern rutschte so an der Rückenlehne herunter, dass sich ihre Schultern berührten. Dann gähnte er erneut.

„Hey, Cowboy, du klingst wirklich müde."

„Es war eine lange Woche." Er schloss die Augen.

„Mir ist aufgefallen, dass du nicht viel da warst."

Wieder gähnte er. „Ich bin seit vier Uhr heute Morgen auf."

„Kein Wunder, dass du gähnst. Es ist schon nach neun."

„Ja", sagte er, seine Augen immer noch geschlossen. „Sag mir noch einmal, wie macht die Eisenbahn?"

Ashby kicherte, und er spürte, wie ihre sanften Finger seine Haare von seiner Stirn strichen. „Tut-tut", sagte sie und fuhr fort, sein Haar mit ihren Fingern zu streicheln.

Dan seufzte zufrieden und schlief ein.

„Guten Morgen, die Damen", sagte Dan und betrat den Süßwarenladen.

Nive und Lynn arbeiteten immer an der vorderen Theke des Ladens, während Stacy es bevorzugte, hinten zu bleiben und die Köstlichkeiten zuzubereiten, die er so gern aß. Da sie sich im Umgang mit Kunden nicht wohlfühlte, ging er immer zum Ende der Theke, wo er sie durch die Schwingtüren sehen konnte, und machte es sich zur Aufgabe, sie einzubeziehen.

„Hey, Stacy. Was machst du Leckeres da hinten?"

„Trüffel", sagte sie, und ihre Augen wanderten zu seinen, bevor sie zu der Schokoladenmischung zurückkehrte, mit der sie arbeitete.

„Genau, was diese Welt braucht!", sagte er mit Begeisterung und erntete ein Kichern von allen, einschließlich Stacy. Was ihn zum Lächeln brachte. „Hat jemals jemand euch Mädchen gesagt, dass ihr ein paar energiegeladene Jungs habt? Mann, die haben mich gestern Abend fertig gemacht."

„Erzähl uns etwas, was wir nicht wissen", sagte Lynn. „Esther Mae und Norma Sue passen gerade auf sie auf, und ob du es glaubst oder nicht, am Ende werden es die Jungen sein, die erschöpft sind, wenn wir nach Hause kommen."

„Es war nett von dir, Ashby zu helfen", sagte Nive. „Sie liebt die Kleinen wirklich."

Dan nickte. „Das habe ich gesehen. Gebraucht hat sie mich natürlich nicht wirklich. Sie hatte alles unter Kontrolle."

„Sie hat ausgezeichnete mütterliche Instinkte",

bemerkte Lynn.

Das war sicher. Sie war so gut mit den Jungs gewesen. Und dann war er eingeschlafen. Als sie ihn um elf geweckt und ihm gesagt hatte, dass der Van gerade draußen angehalten hatte, hatte sie bereits das Chaos, das die Jungen im Wohnzimmer angerichtet hatten, aufgeräumt und die Küche auch.

Sie hatte gearbeitet, während er geschlafen hatte. Es war nicht wirklich das Szenario gewesen, das er sich vorgestellt hatte, als er sich auf das Sofa gesetzt hatte.

„Apropos Mütter", sagte er und kehrte zum Grund seines Besuchs zurück. „Stacy, du wirst nie erraten, was ich diese Woche gesehen habe, als ich an der hinteren Grundstücksgrenze nach den Kühen gesehen habe."

Sie hielt inne und sah ihn an. „Was?" Ihre Stimme war so leise wie ein Hauch von Luft.

„Eine Waschbärmutter mit vier Babys, die auf einem Drahtzaun balanciert sind."

„Balanciert", wiederholten alle drei Damen.

Er gluckste. „Ja, sie haben sich sowohl mit den Vorder- als auch den Hinterfüßen festgehalten. Wenn sie Opossums gewesen wären, hätten sie auch noch ihre Schwänze benutzt."

Stacy lächelte. „Du machst Witze. Waschbären können das nicht, oder?"

„Jetzt hast du meine Gefühle verletzt", feixte er und

sah gespielt verletzt aus, als sie ihn wieder ansah. „Ich muss keine Witze über etwas machen, das wahr ist. Vielleicht waren es Waschbären, die von einem Opossum aufgezogen wurden, und sie haben versucht sich anzupassen. Das ist meine Geschichte, und ich bleibe dabei."

Sie kicherte, und es war wie das süße, klare Geräusch eines Windspiels. „S-sind sie davongelaufen?"

„Ja." Er entspannte sich an der Theke und zwinkerte Nive zu, die ihn mit wissenden Augen beobachtete. Sie zwinkerte, bevor sie sich seiner Bestellung zuwandte. Der Süßwarenladen belieferte Geschäfte in mehreren umliegenden Städten, was die Frauen gut beschäftigt hielt. Dan sah zu, wie Stacy sich die Hände an einem Tuch abwischte und dann die Pfanne ins Kühlregal stellte.

„Also, ich habe Emmett neulich gesehen", sagte er, und sie wurde rot. „Er hat mir gesagt, dass er ein Haus kauft."

Sie kam nach vorn und zog das Haarnetz ab, das ihr langes Haar aus ihrem Gesicht hielt. „Dottie hat es mir erzählt", sagte sie, blieb ein paar Schritte entfernt stehen und fuhr mit der Hand über die Kante der Auslage. Sie sah zu ihm auf. „Er auch."

Dan grinste. „Er hat mit dir gesprochen?" Er hatte

Emmett gesagt, er sollte anfangen, mit ihr zu reden, anstatt sie immer nur anzustarren.

Ihre Lippen verzogen sich zu einem Lächeln, und sie senkte den Blick, als sie nickte. „Er ist ein stiller Mensch."

Dan wollte laut lachen. Emmett war so still, dass die beiden sich in einer Bibliothek verabreden konnten. Anstatt das zu sagen, grinste Dan nur. „Er ist ein guter Mann", sagte er. „Ein Mann, dem eine Frau vertrauen kann."

Sie biss sich auf die Lippe, und ein gequälter Ausdruck kroch in ihren Blick, als sie durch das Fenster auf die Straße starrte. „Ich weiß."

Die Worte waren fast ein Flüstern. Dan wusste, dass sie es wusste, doch es würde mehr als das brauchen, bis ihr Herz ihren Kopf davon überzeugt hatte, dass sie ihm vertrauen konnte. Und das konnte Dan nicht für sie tun. Er konnte nur eine Freundschaft und eine Brücke des Vertrauens aufbauen, die sich auf andere ausbreiten konnte.

„Hey, ich denke darüber nach, bei mir zu grillen, da die Baustelle komplett beräumt ist. Was denkst du? Ich will mich bei allen für die Hilfe bedanken." Die Idee war ihm spontan gekommen, doch sie gefiel ihm aus mehreren Gründen. Während er Stacy um ihre Meinung bat, um ihr Vertrauen zu stärken, hatte er wirklich das

Bedürfnis, sich bei allen für alles bedanken, was sie getan hatten, und eine Party bedeutete, dass Emmett und Stacy die Gelegenheit bekamen, einander zu sehen.

Dan dachte an Ashby und mochte die Idee, sie zu sehen.

„Das wäre nett."

„Würdest du kommen?"

Stacy senkte den Blick.

„Emmett wird da sein." Er drängte, das wusste er, doch die beiden brauchten einen Schubs in die richtige Richtung. Sie nickte. „Dann machen wir das so. Hey, Ladys", rief er Nive und Lynn zu. „Wir feiern eine Party."

KAPITEL SECHZEHN

Ashby war noch nicht lange von der Arbeit zu Hause, als sie ein Klopfen an ihrer Tür hörte. Als sie durch den Spion spähte und Dan sah, machte ihr Herz einen Sprung. Sie hatte den ganzen Tag an ihn gedacht, war aber überrascht, eine so starke Reaktion zu spüren. Das erschreckte sie genauso wie zu sehen, dass er einen Strauß riesiger Sonnenblumen in der Hand hielt.

„Ich habe die vorhin gesehen und an dich gedacht", sagte er, als sie die Tür öffnete. Er lächelte, doch als sich ihre Blicke begegneten, verschwand sein Lächeln.

„Die sind schön. Stimmt was nicht?", fragte sie, als sie die Blumen nahm.

„Hast du ein paar Minuten?" Er hob den Drehpack in seiner anderen Hand.

„Sicher. Sind das die Pläne für dein Haus?"

„Ja." Er folgte ihr hinein, und während sie eine Vase aus dem Schrank holte, nahm er den Deckel ab und ließ den Inhalt auf ihren Tisch gleiten. Trotz ihrer eigenen unkooperativen Gefühle war sie neugierig auf das, was er sich ausgedacht hatte. Sie stellte die Blumen in die Vase, eilte dann zu ihm, um die Zeichnungen zu studieren, und redete sich ein, dass sie alles unter Kontrolle hatte. Sie würde sich nicht in diesen Cowboy verlieben.

Die Pläne waren für ein schönes Haus mit vier Schlafzimmern mit offenem Grundriss. „Ich mag den Fluss", sagte sie und gestikulierte von der Küche zum Wohnzimmer und den angrenzenden Essbereich. Dan und sie standen nahe beieinander, und sie war abgelenkt vom Duft von frischer Seife und Aftershave.

Er schluckte, und sein Blick wanderte zu ihren Lippen. Genauso schnell kehrte er zu den Plänen zurück. „Aus irgendeinem Grund dachte ich, dir würde ein … förmlicherer Grundriss besser gefallen. So wie deine Wohnung ist …" Er räusperte er sich. „So ordentlich."

Sie starrte ihn an, unangemessen beleidigt von der Bemerkung. „Nur weil ich es ordentlich mag, heißt das nicht, dass ich förmlich bin. Nicht, dass daran etwas falsch wäre." Sie dachte an das sehr elegante Wohnzimmer und das große formelle Esszimmer in dem Haus, in dem sie aufgewachsen war. „Meine Mutter mag ein sehr ordentliches Haus, und sie hat das Heft fest in der Hand, wie es so schön heißt. Wie auch immer, Ordentlichkeit ist keine schlechte Sache." *Wenn sie obsessiv ist, dann schon.*

„Ich habe das nicht als Beleidigung gemeint. Jedem das Seine."

Ashby glaubte ihm nicht. Sie musterte ihre kleine Wohnung mit kritischem Blick. „Ich mag es entspannter als meine Mutter. Ein bisschen kinderfreundlicher ... das kann man wohl nicht auf einen Blick erkennen."

Sie wollte plötzlich herumlaufen und ihre Wohnung auflockern, ein paar Kissen auf den Boden werfen ... Er hatte völlig Recht mit seinen Annahmen. Er konnte sie nur nach dem beurteilen, was er von ihren Handlungen und in ihrer Umgebung sah.

Er ergriff sanft ihr Kinn und zwang sie, ihn anzusehen. Es war fast so, als könnte er ihre Gedanken lesen. „Wie ich schon sagte, ich habe nicht gesagt, dass es schlecht ist. Kinder werden dir helfen, dich zu entspannen. Du wirst eine großartige Mutter sein, Ash. Ich habe das neulich Abend gesehen. Du warst wie eine Supermama."

Seine Hand glitt von ihrem Kinn zur Seite ihres Halses. Sie war sich sicher, dass er spüren konnte, wie ihr Puls raste.

Sie versuchte, sich daran zu erinnern, nicht so auf ihn zu reagieren. Sie erinnerte sich daran, dass sie ihn vorhin in den Süßwarenladen hatte gehen sehen. Sie war überrascht gewesen, ihn zu sehen, und hatte gehofft, er würde in ihrem Laden vorbeischauen, um Hallo zu sagen, doch er hatte es nicht getan. Sie hatte ihn durch das Fenster beobachtet, als er einige Minuten später pfeifend aus dem Laden gekommen war, in seinen Truck gestiegen und weggefahren war. Wieder einmal hatte sie sich wie einer seiner vielen Flirts gefühlt. Dass er ihr beim Babysitten geholfen hatte, bedeutete nichts.

Und er sah so glücklich aus, als er den Süßwarenladen verlassen hatte. Konnte Rose sich geirrt haben? Konnte Dan wirklich Gefühle für Stacy haben? Das konnte der Grund sein, warum er so viel Geld für das Frauenhaus spendete.

Ashby sah ihn jetzt an und genoss seine Berührung. Sie spürte einen Schmerz tief in ihrer Brust, wandte sich dem Tisch zu und blinzelte, als die Pläne verschwammen. Oh nein, das würde sie nicht tun. Sie weigerte sich, sich selbst zu bemitleiden, und der letzte Mensch, von dem sie wollte, dass er sie weinen sah, war Dan. Wenn er wirklich von Stacy angezogen war, sollte sich Ashby für die Frau freuen, die definitiv das Glück verdient hatte. Und Dan schien wirklich ein fürsorglicher Mann unter seiner Flirtfreudigkeit zu sein.

Rose hatte Recht gehabt, als sie gesagt hatte, er sei verspielt. Und er war ein guter Mann ...

Er war so nah! Er hatte nichts gesagt, doch sie konnte spüren, wie er sie beobachtete. Sie brauchte Abstand, um den Kopf klar zu bekommen, und ging zum Kühlschrank. Ihre Bewegungen waren ruckartig, als sie die Tür öffnete und einen Krug Eistee herausholte.

Die Wahrheit war, dass Ashby, nachdem sie mit Rose gesprochen und dann am Abend mit Dan und den Kleinkindern gespielt hatte, fast beschlossen hatte, es zu wagen. Zu sehen, ob diese Verbindung, die sie zu Dan spürte, wirklich etwas bedeutete ... Albern. Dumm. Gefährlich. Zumal sie wusste, dass Kinder in seiner Zukunft keine Gewissheit waren.

„Ash, geht's dir gut?" Er war ihr gefolgt.

Sie wollte ihre Stimme kontrollieren. „Mir geht's gut."

Doch dem war nicht so, und sie wusste es.

Dan musste sich fragen, was er hier tat, als er in Ashbys Küche stand und nichts weiter wollte, als ihre süßen Lippen zu küssen.

Er war in den Ort gekommen, um sie zu sehen, und hatte sich gezwungen, stattdessen zum Süßwarenladen zu gehen. Nach der wundervollen Zeit, in der sie sich um die Kinder gekümmert hatten, hatte sich etwas verändert. Und er hatte bemerkt, dass er nicht wirklich wusste, was in seinem Kopf vorging. Also war er den sicheren Weg gegangen und hatte stattdessen Stacy und die anderen besucht. Doch er hatte den ganzen Tag an Ashby gedacht, und als er nach den Kühen auf seiner Ranch gesehen hatte, hatte er nicht widerstehen können, ihr einen Strauß Sonnenblumen zu schneiden und vorbeizubringen.

Ja, er war wie ein anhänglicher Welpe.

Als er so nah stand, fiel es ihm schwer, die Fassung zu bewahren. Er trat noch einen Schritt näher, bis sie sich fast berührten. Diese irrationalen Gefühle waren für ihn neu. Sie holte schaudernd Luft, glitt dann von ihm weg und holte den Teekrug aus dem Kühlschrank.

„Also, wann werden sie mit dem Bau beginnen?", fragte sie, und ihre Stimme verriet ihre Atemnot.

Dan rang mit sich, nicht nach ihr zu greifen, und sah zu, wie sie Tee in zwei Gläser goss. Er fragte sich, ob sie merkte, dass sie ihn nicht gefragt hatte, ob er welchen wollte. Sie war erschüttert. So erschüttert wie er. Wieder traf ihn die Sorge, die ihn die ganze Woche verfolgt hatte, wie eine Abrissbirne.

„In ein paar Wochen", sagte er und konzentrierte sich auf ihre Frage. „Die Firma, die ich beauftragt habe, beendet gerade ein paar andere Projekte, bevor sie mit meinem anfangen. Das bedeutet, dass du mich eine Weile als Nachbarn ertragen musst." Er versuchte, locker zu klingen.

Sie stellte die Teegläser auf den Tisch, setzte sich und studierte die Pläne. Von ihr angezogen setzte er sich neben sie, nah genug, um den süßen Duft ihrer Haare zu bemerken. Er atmete tief ein und beugte sich näher zu ihr.

„Ich … ich habe bemerkt, dass du Stacy andauernd besuchst", sagte Ashby, ihre Augen wanderten zu seinen und dann weg.

Nicht wirklich das Gespräch, das er erwartet hatte. Ihre Worte lenkten ihn vom Studium der anmutigen Krümmung ihres Halses von ihrem Ohrläppchen bis zu ihrer Schulter ab.

Er zog sich zurück und konzentrierte sich auf ihre Worte. „Ich mag es, wenn Stacy spricht", sagte er, stolz auf die Fortschritte, die Stacy gemacht hatte. „Nicht, dass sie viel sagt. Aber wir machen Fortschritte. Bei einer Frau, die durchgemacht hat, was sie durchgemacht hat, sind Geduld, Beharrlichkeit und Liebe der Schlüssel, sie dazu zu bringen, wieder aus dem Schneckenhaus herauszukommen. Es tut meinem Herzen gut, das zu sehen." Er war erschrocken darüber, wie gut es sich anfühlte, das mit Ashby zu teilen.

Ihre grünen Augen füllten sich mit Mitgefühl. „Sie ist dir wirklich wichtig, nicht wahr?"

Dem war so. „Ja, das ist sie." Er rollte das Glas zwischen seinen Handflächen und beobachtete die Eiswürfel, als er eine Entscheidung traf. „Ich weiß aus erster Hand, was sie durchmacht. Meine ..." Er räusperte sich, als sich sein Hals zuzuschnüren drohte. Doch er wollte das mit Ashby teilen. „Ich habe fast zwei Jahre in einem Frauenhaus gelebt, als ich sechs Jahre alt war. Und selbst nachdem wir unsere eigene Wohnung hatten, haben wir freiwillig da geholfen. Wir sind so mit den Frauen und anderen Kindern in Verbindung geblieben, die dort Station gemacht haben."

Es gab nur drei Menschen, die seine Geschichte kannten: Emmett, Brady und Dottie. Ashby reagierte, wie er erwartet hatte – mit großem Einfühlungsvermögen. Er fühlte sich wohl dabei, ihr seine Vergangenheit zu offenbaren. Er hatte Angst gehabt, Mitleid zu sehen, doch das war überhaupt nicht der Fall.

„Ich bin froh, dass das Frauenhaus für dich da war", sagte sie. „Deine Mutter muss eine bemerkenswerte Frau gewesen sein." Sie blinzelte heftig.

„Das war sie." Er holte tief Luft und spürte den vertrauten Schmerz, als er an sie dachte.

„Erzähl mir von ihr."

Er lächelte. „Sie war Stacy sehr ähnlich. Sie war eine schüchterne Frau. Ich habe sie nie ein hartes Wort sagen hören. Ihre Stimme war sanft ..." Selbst in der schlimmsten Situation blieb die Stille ihrer Stimme für ihn lebhafter als die Wut seines Vaters. „Sie wollte nicht, dass ich mich an den Ärger oder die Schläge erinnere. Es brauchte mehr Mut und mehr Liebe für mich, als ich mir vorstellen kann, ins Frauenhaus zu fliehen. Gewalt wird oft von Vater zu Sohn weitergegeben, wenn der Kreislauf nicht früh genug unterbrochen wird. Meine Mutter hat um mein Leben gefürchtet und um das meiner Kinder, wenn ich leben würde, um welche zu haben."

Tränen stiegen in Ashbys Augen auf. „Ich kann es nicht ertragen, darüber nachzudenken. Und du und deine Mutter habt das durchgemacht."

„Sie sagte immer, mich zu lieben hat ihr die Kraft gegeben zu vertrauen, dass der Herr sich um uns kümmern würde. Dass er die Kontrolle hatte und sie nur den Weg wählen musste, dem wir folgen sollten. Ich sehe Stacy und Rose und die anderen an und sehe sie."

„Warum hast du zugelassen, dass ich so schreckliche Dinge über dich gedacht habe?", fragte Ashby ihn, und Wut stieg in ihrer Stimme auf.

Sein Hals fühlte sich so eng an wie seine Brust. Er trank einen Schluck Tee. Sie wartete und beobachtete ihn. Dan hatte noch nie versucht, es zu erklären. Er fuhr sich mit der Hand durch die Haare.

„Warum?", fragte sie noch einmal, und die Wut ließ etwas nach.

Er erkannte, dass er seine Vergangenheit mit Ashby teilen wollte. „Meine Mutter hat mir beigebracht, anderen zu dienen. Ich habe es geliebt, sie zum Lächeln zu bringen. Ich habe früh gelernt, dass ich ein Händchen dafür hatte, ein Lächeln von ihr zu bekommen. Ich habe schnell gelernt, dass ich es auch bei den anderen Frauen im Frauenhaus bewirken konnte."

Ashby legte eine sanfte Hand auf seinen Arm. Ihre Berührung wärmte ihn sofort, und er begegnete ihrem Blick.

„Ich kann mir dich gut als kleinen Jungen vorstellen. Du hast früh gelernt zu flirten, oder?" Der Ausdruck in ihren Augen ließ sein Herz schmelzen.

„Ja. Das habe ich."

Er erzählte ihr, wie er bald der Clown des Frauenhauses geworden war. Und wie er später mit seiner Mutter gegangen war, um den Familien zu helfen, die nach ihnen gekommen waren. Er hatte gelernt, dass ein sanftes, leichtes Lächeln und ein freundliches Wort ihm nicht immer ein Lächeln einbrachte. Er musste immer wieder kommen und auf dieses Lächeln drängen.

„Das Vertrauen der Frauen zu gewinnen war mir sehr wichtig."

Er hörte auf zu reden und bemerkte, dass Ashbys

Hand immer noch auf seinem Unterarm ruhte. Es war eine einfache Berührung, doch er war erstaunt, wie wohl er sich mit ihr fühlte. Als er sie ansah, wurde ihm bewusst, dass er noch nie eine solche Verbundenheit zu irgendjemandem gefühlt hatte.

Ashby sah Dan an und schämte sich dafür, wie falsch sie ihn eingeschätzt hatte. Über seine Kindheit zu hören hob den scharfen Kontrast zu ihrer eigenen hervor. Er überraschte sie. Und seine Mutter ... Gott segne sie für das, was sie getan hatte, um ihrem Kind ein besseres und sichereres Leben zu ermöglichen.

„Was ist mit deiner Mutter passiert?"

Ashby wusste, dass sie ihre Hand von seinem Arm nehmen sollte, doch ihre Unterhaltung war so ernst geworden, dass sie das Bedürfnis hatte, ihn zu trösten. Ihre Frage brachte Schmerz in seine Augen, und plötzlich legte er seine Hand auf ihre. Ashby konnte die Gefühle, die in ihr brodelten, nicht erklären. Sie fühlte sich schuldig, dass sie die Frage gestellt hatte, die Schmerzen in seine Augen brachte, und dennoch fühlte sie sich unbestreitbar von ihm angezogen. Von dem Mann, von dem sie nichts gewusst hatte.

„Meine Mutter ..." Sein Lächeln war voller Liebe und Bedauern. „Sie hat schließlich einen guten Mann gefunden. Einen Missionar und sie war so verliebt..."

Dans Stimme versagte, doch seine Augen hielten Ashbys fest. „Sie hat einen Mann gefunden, dem sie mit ihrem zerbrechlichen Herzen vertrauen konnte. Ich musste die Rolle ihres Beschützers an Jeff abgeben, und für einen Mann, der sie als kleines Kind mit ernsthafter Absicht übernommen hatte, war das eine große Sache. Doch als ich sie so glücklich gesehen habe, habe ich ihm diese Verantwortung gerne übertragen. Sie waren auf einer Missionsreise, als ihr Flugzeug abgestürzt ist."

Ashby schnappte nach Luft, und Tränen füllten ihre Augen. „Das tut mir so leid", sagte sie, und ihre Stimme brach vor Emotionen.

Er strich mit seinen Fingern abgelenkt über ihren Handrücken, fast als bemerkte er nicht, dass er es tat. „Gott hat einen Plan. Er hat die Kontrolle – das war Mamas Lieblingssatz. Wenn es ganz schlimm war, hat sie mir in die Augen gesehen und gesagt, dass Gott einen Plan für uns alle hat. Dass er einen besonderen Plan für mich hat."

Dan holte tief Luft und hielt Ashbys Blick für einen langen Moment fest.

„Er hat auch einen Plan für dich, Ashby. Und es steht auf seiner Agenda." Er hob ihre Hand und küsste sie. Die Bewegung war so unerwartet wie der Kuss auf der Treppe. „Du musst dein Leben nicht übereilen. Ich denke, wenn ich dich manchmal beobachte, dass du dich so auf das konzentrierst, was du willst, dass du das

Heute nicht voll genießen kannst ..." Sein Gesichtsausdruck wurde ernst, und er wandte den Blick ab, als er aufstand. „Ich denke, es ist Zeit für mich zu gehen."

Ashby sah zu, wie er die Pläne aufrollte und in den Drehpack schob. Sie hatten gerade Neuland betreten. Er wusste es so gut wie sie ... Er sah genauso hin- und hergerissen aus, wie sie sich fühlte.

Ashby musste sich beschäftigen und nahm die Gläser. Ihre Hände zitterten, als sie sie zum Spülbecken trug. Sie hatte alle möglichen Erklärungen für die Emotionen, die er in ihr entzündet hatte. Der Mann war in vielerlei Hinsicht ein Widerspruch, und sie verstand ihn jetzt so viel besser. Sie verstand und bewunderte ihn sehr. Doch wo standen sie bei alledem? Wo wollte sie, dass sie standen?

Er erschreckte sie, als sie sich umdrehte und ihn vor sich stehen sah. „Du bist eine gute Frau, Ash."

Er war so nahe, dass sie fast sein Herz pochen hören konnte. Oder war es ihres, das im Stakkato klopfte?

„Ein Mann wird sich glücklich schätzen, dich eines Tages seine Frau zu nennen." Sein Mundwinkel zuckte, dann holte er tief und schaudernd Luft. „Du musst nur die Bremse treten und warten." Er drehte sich um und ging zu ihrer Tür. Mit seinen langen Schritten war er im Handumdrehen da und einfach so war er weg.

KAPITEL SIEBZEHN

Ashby hatte das Gefühl, als wäre sie auf den Kopf gestellt und durchgeschüttelt worden. Oben war unten und unten war oben, und sie war sich sicher, dass sie gegen ein paar Wände rennen würde, bevor sie es am nächsten Tag zur Arbeit schaffte.

„Hey, bist du ok?" Rose warf ihr einen eindringlichen Blick zu, als sie den Laden betrat.

„Ja, ja. Mir geht's gut."

„Tut es nicht. Sieh dich an. Du siehst aus, als wolltest du Post für den Pony Express ausliefern mit diesen prall gefüllten Satteltaschen unter deinen Augen!"

„Bist du heute Morgen nicht ein Herzblatt?"

Rose lachte. „Entschuldigung, ich bin auch müde. Ich war lange auf und habe Max bei den Hausaufgaben geholfen. Mann, fühle ich mich alt."

„Ich kann's mir vorstellen. Hast du es hinbekommen?"

„Irgendwann. Mathe ist einfach nicht mein Ding. Nive ist gekommen und hat uns geholfen. Das Mädchen ist so schlau. Wie du, wenn du versuchst, meiner Frage auszuweichen. Was ist los? Die Gerüchteküche sagt, dass Lance Yates Fragen über deine Beziehung zu Dan gestellt hat. Es heißt, Lance ist interessiert."

Ashby schrieb einen Preis auf das Etikett, das sie hielt. „Lance ...", sagte sie. Gut aussehend, gottesfürchtig, ein harter Arbeiter. Sie dachte an das recht steife Gespräch, das sie vor ein paar Wochen in der Sonntagsschule geführt hatten. Sie hatte damals gedacht, dass Lance der perfekte Mann war, in den man sich verlieben konnte ... Komisch, was für einen Unterschied ein paar Wochen machen konnten. „Dan ist ein netter Kerl."

„Aber?"

Ashby runzelte die Stirn, als sie ihre Freundin ansah und eine Schulter hob. Es gab Dinge an Dan, die sie Rose nicht erklären konnte. Dinge, die er ihr anvertraut hatte, von denen sie instinktiv wusste, dass er sie nicht mit vielen Menschen geteilt hatte. Wie konnte sie Rose sagen, dass er vielleicht keine Kinder wollte? Sie konnte es nicht, weil sie vermutete, dass die Dinge, die er in seiner Kindheit durchgemacht hatte, etwas mit dieser Unentschlossenheit zu tun hatten. Sie konnte dieses Vertrauen nicht enttäuschen.

Er hatte seine Vergangenheit mit ihr geteilt, und dann hatte er ihr gesagt, dass sie keine gemeinsame Zukunft haben würden.

Sie hatte die Nachricht laut und klar gehört, als er ihr gesagt hatte, dass ein Mann das Glück haben würde, sie eines Tages seine Frau zu nennen, und dass er damit zwischen den Zeilen gesagt hatte, dass er nicht dieser Mann sein würde.

Ashby wusste, dass Gott einen Plan und ein Ziel für sie hatte. Doch es gab solche Dinge wie Umwege. War das ein Umweg?

„Aber", sagte sie, „ich bin in keiner guten Position. Ich bin dabei, mich in Dan zu verlieben, das ist wahr, doch es ist kompliziert, und ich glaube nicht, dass irgendetwas daraus werden kann."

Rose' neckendes Grinsen wurde zu einem tröstlichen. „Gott kann alles klären, Ashby. Egal wie kompliziert."

Ashby nahm sich ihre Worte zu Herzen. „Ich weiß, dass du Recht hast." Doch die Frage war, würde er? Und konnte sie ihr Herz einem Mann geben, der vielleicht nicht dasselbe vom Leben wollte wie sie? Konnte sie ihre Träume von einer Familie für einen Mann opfern, der möglicherweise nicht in der Lage war, zu überwinden, wie seine Vergangenheit ihn zurückhielt? Gott vergib ihr, doch sie war sich nicht sicher, ob sie das konnte.

Und es konnte sein, dass die Beantwortung dieser Frage nicht ihr überlassen blieb. Dan hatte eindeutig seine eigenen Gedanken, was das anging.

„Vertrau ihm, Ashby. Lass los und vertraue dem Herrn."

„Ich denke immer, dass ich es tue, nur um zu erkennen, dass ich wieder ins Wanken gerate."

„Glaub mir, ich verstehe das. Es fällt mir viel leichter, dir zu sagen, dass du dem Herrn vertrauen sollst, wenn du diejenige bist, die sich im Zentrum der Turbulenzen befindet. Ich hatte so meine Momente, und ich bin mir sicher, dass ich noch mehr haben werde. Doch wie du sicher bereits weißt, ist Gott sehr geduldig und gnädig."

Ashby dachte noch Stunden später, als sie allein im Laden war, an Rose' Worte. Rose war gegangen, um Max von der Schule abzuholen, und hatte Ashby umarmt, bevor sie ging. Diese Frau war ein lebender und atmender Segen für Ashby. Als sie gegangen war, fühlte sich Ashby besser. Sie würde einfach weitermachen, was sie getan hatte, und darauf vertrauen, dass der Herr ihr den Weg zeigte.

Als sich die Tür um vier Uhr öffnete und Dan den

Laden betrat, freute sie sich so sehr, dass sie es nicht leugnen konnte.

„Hallo", sagte er.

„Hallo." Sie konzentrierte sich auf den Computerbildschirm und versuchte, nicht auszuflippen.

„Beschäftigt?", kommentierte er.

„Mmm-hmm", murmelte sie und scannte Zahlenreihen, die sie nicht mehr sah.

„Schau, ich war auf dem Weg durch die Stadt. Heute bin ich Hufschmied und mache mich auf den Weg, um an ein paar von Jack Newmans Pferden zu arbeiten. Ich habe mich gefragt, ob du mit zu mir nach Hause fahren würdest, wenn ich zurückkomme. Ich wollte dich um einen Rat bitten."

Ashby hätte sofort nein sagen sollen. „Was willst du wissen?", fragte sie. Sie war erstaunt, dass sie so normal klang. Sie fühlte sich überhaupt nicht normal.

„Das ist ein Geheimnis." Dieses typische Lächeln blühte auf seinem Gesicht auf und versetzte Ashbys Herz in einen Sturzflug. „Du musst mitkommen, um es herauszufinden."

„Okay", brachte sie heraus.

Seine Augen leuchteten, und das Lächeln wurde noch wärmer. „Gut", sagte er und ging zur Tür zurück. „Großartig. Dann hole ich dich später ab."

Ashby wusste, dass sie den Verstand verloren hatte.

Dan stieß gegen einen Kleiderständer. „Ich bin wieder da, wenn du abschließt", sagte er und schob eine Bluse zurück an ihren Platz, bevor er nach der Tür griff. Sie verstand plötzlich, dass er genauso mit Gefühlen zu kämpfen hatte wie sie – oder zumindest schien es so.

Ashby sah ihm nach. Es war, als wäre sie gerade vom Ende eines Piers gesprungen. Das Problem war nur, dass sie nicht schwimmen konnte.

„Eine Grillparty."

Ashby stand in der Mitte der neu gelegten Bodenplatte und sah sich um. Ohne die Trümmer sah es riesig aus.

„Ja, um allen für alles zu danken, was sie getan haben. Glaubst du nicht, das wäre eine gute Idee?" Ashby ging zur Mitte der Platte, um Abstand zwischen ihnen zu schaffen. Offensichtlich war er nach Hause gegangen und hatte geduscht, bevor er sie im Laden abgeholt hatte, und wie am Tag zuvor roch er nach würziger Seife und einem leichten, ansprechenden Aftershave, das ihre Konzentration beeinträchtigte. Darum Distanz. Wem machte sie etwas vor? Sie brauchte die Distanz, weil sie nicht denken konnte, während sie in seiner Nähe stand. Aftershave hatte nichts damit zu tun.

„Das klingt nach einer wunderbaren Idee." Es war so. Und ganz genau wie etwas, das der Mann, den sie gerade kennenlernte – der Mann, in den sie sich verliebte – tun würde.

„Also wirst du mir helfen?"

„Dir helfen?" Die Frage überraschte sie.

Er sah ungewöhnlich verlegen aus. „Ja, ich denke, mit deinem Familienhintergrund könntest du mir sicher helfen, eine großartige Party zu veranstalten. Ich weiß nichts darüber."

Ashby musste lachen. „Du meinst, du willst eine Tafel mit Kristall und Silber für deine Grillparty? Ziemlich schick, das."

Er wurde rot. Sie sah tatsächlich das Rosa unter seiner Bräune.

Bezaubernd.

„Nicht genau das, woran ich gedacht habe", sagte er mit funkelnden Augen. „Aber wirst du mir helfen?"

Ashby schluckte und spürte den Kloß in ihrer Kehle. „Sicher." Sie wirbelte herum und studierte die Gegend. Ihre Gedanken drehten sich. „Du willst die Party vor Donnerstag haben?"

Er stellte sich neben sie. „Ist das unmöglich?"

Sie sah zu ihm auf und schüttelte den Kopf, sowohl für sich als auch für ihn. Er wollte ihren Rat. Das war alles. „Okay, stellen wir uns das vor." Sie wollte wieder weggehen, doch seine Hand auf ihrem Arm hielt sie auf und zog sie in seine Arme. Sie lehnte ihre Stirn an seine Schulter, und seine Arme schlossen sich fester um sie.

„Danke", flüsterte er und küsste ihre Haare.

Die Zärtlichkeit der Geste löste eine Traurigkeit in Ashby aus, da sie wusste, dass es so viele Gründe gab, warum das zwischen ihnen niemals funktionieren würde. Es fühlte sich richtig an, in Dans Armen zu sein. Sie schloss die Augen und lebte im Moment. Eine Stimme in ihrem Kopf protestierte, doch sie verscheuchte sie. Die Realität würde früh genug zurückkehren. Fürs Erste lebte sie, wie Rose empfohlen hatte, in diesem süßen Moment mit Dan. Als würde er ihre Traurigkeit spüren, umarmte er sie fester.

„Ich habe noch eine Überraschung", sagte er. Sie glaubte zu spüren, wie seine Arme zitterten, und sie empfand ein Gefühl des Verlustes, als er einen Arm sinken ließ, fühlte sich aber wieder glücklich, als er sie mit dem anderen an sich zog und in Richtung Scheune ging.

„Ich weiß nicht, ob ich für weitere Überraschungen bereit bin", sagte sie und kämpfte gegen ein Gefühl der Sehnsucht an. Der Moment fühlte sich so perfekt an. Doch sie befürchtete, er könnte nicht von Dauer sein.

Er lachte und rieb ihren Arm, dann ging er weiter.

An der Scheune angekommen öffnete er die Tür

und zog sie hinein.

„Ganz da hinten", sagte er und führte sie zu einer der Boxen. „Ash, darf ich dir Gracie vorstellen?"

Es war ein Fohlen. Ein schlaksiges, entzückendes, schwarzes Fohlen, das nicht älter als ein paar Tage sein konnte.

„Wann ist das denn passiert?", fragte Ashby mit vor Ehrfurcht gedämpfter Stimme.

„Letzte Woche. Sie war bei Clint, damit ich sie im Auge behalten konnte, als ich da draußen war. Wir haben sie erst heute Morgen hierhergebracht."

Ashby streckte die Hand aus und rief nach dem Fohlen. Ihre Mutter stieß ein leises Schnauben aus und stupste zu Ashbys Überraschung das Fohlen auf sie zu. Ashby begegnete dem Blick der Stute und fragte sich, ob sie verwandte Seelen waren.

„Was für eine stolze Mama du hast", murmelte sie und strich mit sanften Fingern über Gracies Stirn.

Die Stute hob ihren Kopf, als wäre sie stolz, und Ashby lachte leise.

„Sie mag dich."

„Das beruht auf Gegenseitigkeit." Ashby sah zu Dan hinüber. Er beobachtete sie, und sie musste ihre Aufmerksamkeit wieder auf das Fohlen lenken, denn sie fühlte sich so schlaksig und unsicher wie Gracie. „Das war eine schöne Überraschung", brachte sie heraus und hoffte, dass es weniger verletzlich klang, als sie sich fühlte.

„Oh, Gracie ist nicht die Überraschung. Sie steht nur daneben."

Bei seinen neckenden Worten sah sich Ashby um. Die Box neben Gracie war leer. Ashby sah ihn mit fragenden Augen an. „Wirst du, was immer es ist, aus deinem Hut ziehen? Hier ist nichts."

Er nickte. „Oh doch."

Er ging an ihr vorbei in die leere Box neben Gracies. Im nächsten Moment kam er mit dem Fahrrad heraus, das er beim Rennen gefahren hatte.

„Ich habe in letzter Zeit viel darüber nachgedacht. Und ich weiß einfach nicht, warum du nicht auf diesem Ding mitfahren wolltest. Warum du es nicht einmal versuchen wolltest?"

Sie streichelte Gracie ein letztes Mal, drehte sich dann um und ging in Richtung Ausgang.

„Komm schon, Ash, lauf nicht weg."

„Dan Dawson. Wenn ich nicht Fahrrad fahren möchte, muss ich das nicht tun."

„Ash, du kannst nicht fahren, oder? Das ist es."

Nun, demütigender konnte es nicht werden. Da konnte sie ihm genauso gut die Wahrheit sagen. Ashby drehte sich um. „Nein. Ich kann nicht Fahrradfahren. Und ich kann auch nicht schwimmen. Jetzt zufrieden?"

Er lachte und warf seine Hände in die Luft. Von allen Reaktionen war das nicht die, die sie erwartet hatte. Sie wirbelte herum und stürmte aus der Scheune und über den Hof.

Doch sie wusste, dass sie sich dumm und kleinlich verhielt. Immerhin hatte er seine Vergangenheit mit ihr geteilt und das war ein dummes Fahrrad.

„Ash, warte. Ich habe dich nicht ausgelacht."

Seine Worte ließen sie innehalten. Sie kannte ihn. Sie hatte es vorher nicht gewusst, doch sie wusste jetzt, dass er sich nie böswillig über sie lustig machen würde. Das Wissen war sicher, so anders als ihre Meinung über ihn vor ein paar Wochen, als sie zusammen für das Radrennen eingeteilt worden waren.

„Ich weiß", gab sie mit einem Seufzer zu. „Ich habe überreagiert. Tut mir leid."

„Völlig verständlich", sagte er und schob das Fahrrad auf sie zu. „Ich habe jetzt seit mehr als einem Monat darüber gerätselt, und ehrlich gesagt war das alles, was mir letztendlich eingefallen ist. Du hast neulich über deine Kindheit gesprochen und diesen Samen einer Idee gepflanzt. Klar, du bist manchmal ein bisschen steif – jetzt raste nicht gleich aus! Du warst in letzter Zeit lockerer, und ich verstehe, woher das jetzt kommt. Doch selbst das erklärte nicht, warum du nicht mit dem Fahrrad fahren wolltest. Da ist mir schließlich bewusst geworden, dass Menschen im Allgemeinen defensiv gegenüber Dingen sind, die ihnen Angst machen, die für sie neu sind, oder wenn sie etwas zu verbergen haben. Ich bin zu dem Schluss gekommen, dass du nicht fahren kannst."

„Es ist einfach so lächerlich für eine erwachsene Frau, nicht zu wissen, wie man etwas tut, das die meisten Kinder ganz früh lernen", sagte sie.

„Nicht wirklich. Nicht jeder hat immer die Möglichkeit zu lernen, was andere für selbstverständlich halten. Ich würde dir gerne das Fahrradfahren beibringen."

Ashby trat von einem Fuß auf den anderen. Sie holte tief Luft. „Meine Mutter hat Fahrradfahren für Zeitverschwendung gehalten. Und Schwimmen für zu gefährlich."

Dan musterte sie mit einem ermutigenden Flackern in den Augen. „Dann werde ich dir auch das Schwimmen beibringen."

„Ich bin fast dreißig."

Er lachte, warf den Kopf zurück und lachte. „Du tust so, als wäre dreißig das Ende der Welt. Man kann auch in diesem reifen Alter noch neue Dinge lernen."

Ashby wurde rot. Sie wusste, dass er Recht hatte. Sie hatte gesagt, sie würde nicht zulassen, dass die Unsicherheiten ihrer Mutter weiterhin ihr Leben definierten, doch das taten sie und sie ließ es zu.

„Dann bring's mir bei", sagte sie und stemmte die Fäuste in die Hüften. „Bring mir bei, wie man Fahrrad fährt. Über Schwimmen unterhalten wir uns danach."

Er ließ dieses Lächeln aufblitzen, das sie von innen heraus wärmte. „Na dann, mach dich bereit, Sugar Pie. Das wird ein Nachmittag, den du nicht so schnell vergessen wirst."

Das war er auch so schon.

KAPITEL ACHTZEHN

Ashby verdrängte die Tatsache, dass sie sich albern fühlte, als sie sich auf den Sitz des Fahrrads setzte und Dan sie anschob. Die Aufregung war zu groß. Sie lernte Fahrradfahren!

Sie lachte, als sie ihn ansah, wie er neben ihr her joggte, den Sitz mit einer Hand gerade hielt und sie aufforderte, in die Pedale zu treten. Seine Augen funkelten.

„Du kannst nicht lenken, wenn du mich weiter ansiehst!", rief er.

Sie bestätigte diese Beobachtung, als das Fahrrad schwankte. „Oh!", quietschte sie und konzentrierte sich wieder auf ihre Aufgabe. „Tut mir leid. Aber ich habe Angst, dass du loslassen wirst."

Er lachte und keuchte von der Anstrengung des Joggens, Schieben und Geradehaltens. Er war in guter

Verfassung. „Das ist die Idee, weißt du."

„Aber mir wird schwindelig."

„Das ist nur Nervosität. Halt dich am Lenker fest und mach es einfach. Komm schon, du weißt, dass du es kannst." Sie biss die Zähne zusammen, als er plötzlich losließ.

„Warte!" Sie sah ihn an, als er weiter neben ihr joggte. Er nickte mit dem Kopf.

Und sie fuhr alleine Fahrrad!

Sie *fuhr* – und es schwankte. Sie musste ihre Füße auf den Boden setzen, um nicht umzufallen. Er packte sofort den Sitz mit einer Hand und sie mit der anderen, um sie vor Schaden zu bewahren.

„Was soll ich sagen? Du hast es geschafft." Er umarmte sie fest.

Ashbys Herz pochte, und die Welt drehte sich, doch sie war Fahrrad gefahren! Vielleicht fünf Sekunden lang, doch das nächste Mal würde sie es länger tun.

Sie fühlte sich wie ein Schulmädchen. „Ich bin gefahren", sagte sie atemlos. „Und mir ist nicht schwindelig."

„Weiter geht's?" Er rieb ihr aufmunternd die Arme, wie ein Trainer, der seinen Athleten für das nächste Event aufwärmt.

Sie nickte.

„Das ist mein Mädchen. Okay, diesmal, da du ein

Gefühl für das benötigte Gleichgewicht hast, wirst du es selbst versuchen. Du brauchst mich nicht."

Ashby war sich da nicht so sicher. Dan Dawson brachte etwas in ihre Welt, das sie noch nie zuvor gekannt hatte. Er fügte nicht nur seine ganz eigene Art des Vertrauens hinzu, sondern sorgte auch für Spaß und Spontaneität. Sicher, sie hätte allein lernen können, Fahrrad zu fahren. Doch hätte sie es getan? Dan vermittelte ihr seinen Sinn für Abenteuer; es färbte auf sie ab, wenn er in der Nähe war ... und als sie ihn jetzt ansah, wurde ihr klar, wie sehr sie sich danach sehnte.

„Was für eine Party", rief Applegate am Donnerstagabend über die Country-Band hinweg. Er grüßte Dan mit dem Hühnerbein, das er auf dem Weg zu ihm vom beladenen Buffet genommen hatte.

Dan beobachtete Ashby, immer noch erstaunt darüber, was sie in zwei kurzen Tagen auf die Beine gestellt hatte. Er hatte ihr nicht viel Zeit gelassen, doch sie hatte es geschafft. Natürlich hätte er nie gedacht, dass sie es nicht schaffen könnte. Diese Frau war unglaublich. Sie war auf überraschendste Weise verletzlich und zugleich stärker, als sie es zu wissen schien.

Er hatte noch nie jemanden wie sie getroffen.

„Hörst du, was ich gesagt habe?", rief Applegate lauter und stieß ihn mit dem Hühnerbein an. Dan wurde klar, dass er dem älteren Mann nicht geantwortet hatte.

„Ja. Ich denke, Ashby hat einen tollen Job gemacht."

App nickte, seine buschigen Augenbrauen zogen sich wie Raupen zusammen, die sich über seine Stirn bewegten. „Das ist eine gute Frau", sagte er und biss in sein Huhn.

„Ja, Sir, das ist sie."

„Eine mächtig gute Gastgeberin", murmelte App, als er kaute.

„Jawohl." Dan beobachtete Ashby, wie sie hierhin und dorthin ging, um sich zu vergewissern, dass alle versorgt waren. Er hatte nicht bemerkt, wie das für die meisten Leute aussehen musste ... als wären sie ein Paar. Doch genau so fassten es alle Cowboys auf. Alle außer Lance Yates. Der Cowboy hatte den ganzen Abend in Ashbys Nähe herumgelungert, und Dan gefiel das überhaupt nicht.

Nicht, dass er irgendeinen Anspruch auf Ash hatte, doch es hatte einfach keinen Sinn zu leugnen, dass seine Gefühle für sie viel tiefer waren, als ihm lieb war. Er hatte auf diese Beziehung gedrängt. Er war besessen davon, mehr über sie zu erfahren, auch wenn er wusste, wie sehr sie Kinder wollte. Selbst wenn sie wusste, was er über eigene Kinder dachte.

Während er und Applegate zusahen, ergriff Lance seine Chance und begann, mit ihr zu sprechen.

„Konkurrenz", sagte App und starrte ihn an. „Das ist ein Mann, der einen Schatz erkennt, wenn er ihn sieht. Willst du nicht rübergehen und deinen Anspruch auf sie erheben?"

Dan bewegte sich unbehaglich. Ashby wollte Kinder. Viele Kinder. Dieses Wissen kreiste in seinem Kopf wie ein Gesang. „Sie hat einen freien Willen, App. Das hier ist nicht der Goldrausch", knurrte er, als sein Temperament aufflackerte.

Applegate grunzte und ließ Dan mit seiner wachsenden schlechten Laune allein zurück. Es war wahr, er war wütender als ein eingepferchter Bulle, und Emmett allein unter einem Baum stehen zu sehen, half auch nicht. Dieser Mann brauchte einen Tritt in den Hintern.

„Was machst du hier ganz allein?", fragte Dan, nachdem er über die Wiese gestapft war. Seine Stimmung war finsterer geworden als eine stürmische Nacht mit Tornadowarnung. Die Tatsache, dass Emmett die Gelegenheit, die diese Party bot, nicht nutzte, trug nur zu Dans Verärgerung bei.

Der Cowboy sah elend aus. „Ich kann's nicht ändern, Dan. Mein Magen ist verknotet, und sieh mich an und dann sie." Seine Stimme wurde traurig, und Dan drehte sich zu Stacy um.

Sie war mit den Kleinkindern im Schatten einer Eiche auf der anderen Seite des Hofes. Sie war eine hübsche Frau, auf zarte, fast zerbrechliche Weise. In diesem Moment sah sie sie an.

„Emmett, wenn du nicht da rübergehst und sie nicht nur anstarrst, ist das alles, was ihr beide jemals haben werdet. Was du von deinem Aussehen hältst ist momentan wirklich nicht wichtig." Dan beruhigte sich. Die Frustration, die er über seine eigene Situation empfunden hatte, ließ etwas nach, als er sich auf Emmett und Stacy konzentrierte. „Schau sie dir an, Emmett. Die Frau mag dich. Sonst würde sie dir nicht immer wieder diese süßen kleinen Blicke zuwerfen."

Das erregte die Aufmerksamkeit des Mannes. „Das denkst du?"

„Ich weiß es, Mann." Dan grinste Emmett an. „Schau sie dir an ..." Sie sah wieder die Kinder an. Emmett wandte sich Stacy zu. „So ist es richtig. Schau – nicht zu mir. Zu ihr. Jetzt warte. Warte ..." Stacy blickte auf und begegnete Emmetts Blick. „Bingo", flüsterte Dan. „Was soll ich dir sagen? Du bist der Mann, Alter."

Emmett wurde hochrot. Dan warf einen Blick vom errötenden Cowboy auf das errötende Objekt seiner Zuneigung.

„Jetzt geh rüber und unterhalte dich mit ihr."

Emmett murmelte etwas, das Dan nicht verstand, doch es musste eine Zustimmung gewesen sein, denn er fing an, in Stacys Richtung zu gehen. Dan sah zu, wie er etwa einen Meter von ihr entfernt stehen blieb. Sie drehte sich zu ihm um, und er nahm seinen Hut ab und hielt ihn in einem Todesgriff. Gerade, als Dan dachte, dass alles richtig lief, nickte der Cowboy und ging wieder. Was? Dan sah die Verwirrung in Stacys Gesicht und war sich nicht sicher, ob Emmett verstand, wie schwer das für sie war.

Es war nicht so, als ob sie einen Cowboy brauchte, der mit ihr spielte. Selbst, wenn es unwissentlich geschah. Dan beschloss, sich nach dem Grillen ernsthaft mit Emmett zu unterhalten.

„Du kannst nicht alles reparieren, Dan."

Ashbys Stimme erschreckte ihn, und er drehte sich um und stellte fest, dass sie ihm einen Teller entgegenhielt. „Ich dachte, dass du vielleicht was essen willst. Es ist schließlich deine Party."

Er nahm den Teller, weil er damit etwas zu tun hatte. Sie warf einen Blick über seine Schulter zu Stacy. „Sie müssen ihren eigenen Weg finden, Dan. Du kannst nicht mehr tun."

„Ich werde ein Gespräch mit ..."

Ashbys Augen blitzten. „Das liegt nicht in deiner

Verantwortung, Dan. Sie ist eine erwachsene Frau, der du geholfen hast, doch sie ist nicht dein Problem. Wenn sie und Emmett sich verlieben wollen, müssen sie es tun, ohne dass du jede ihrer Bewegungen orchestrierst. Und beide müssen zu dieser Erkenntnis kommen."

Sie hatte Recht, und er wusste es. „Du hast Recht", brummte er. „Es gefällt mir trotzdem nicht. Ich meine, sieh sie dir an. Wenn er nur zur Besinnung kommen würde, wäre es viel einfacher."

Sie lächelte. „Warst du nicht der Typ, der so sicher ist, dass Gott für alles einen Plan hat?"

„Du hast Recht", sagte er. Sie hatte ihn nur süß zurechtgewiesen. „Danke, Ash."

„Gern geschehen. Ich meine, ich verstehe. Ich denke, wenn ich heirate – *falls* ich jemals heirate – muss mir mein Mann genau das sagen, wenn ich zu gluckenhaft über meine Kinder wache. Nicht, dass ich die Erziehungsmethoden meiner Mutter gutheiße … aber ich kann verstehen, wie es ist, das Beste für seine Kinder zu wollen. So sehe ich dich jetzt mit deinem Drang, Stacy zu beschützen. Vielleicht nicht so sehr als Elternteil wie als großer Bruder. Doch sie wird es gut machen, Dan."

Er nickte. Ashby hatte Recht. Doch seine Gedanken hatten sich an Ashby und dem *falls* festgebissen, das sie im Zusammenhang mit einer Ehe benutzt hatte.

Das *falls* störte ihn. Hier war er derjenige, der ihr sagte, sie müsse warten, und jetzt, wo sie das Wort *falls* benutzte, flippte er aus. Wieder hatte Dan das Gefühl, als hätte er die Kontrolle über seinen gesunden Menschenverstand verloren, wenn es um Ashby ging. Aber er konnte nicht zulassen, dass seine eigenen Sehnsüchte ihre unterwarfen. Sie verdiente alles Gute, was sie sich im Leben wünschte. Sie hatte ein Haus voller Babys verdient, wenn das ihr Traum war, der Wunsch ihres Herzens. Und wenn er sie ihr nicht geben konnte, musste er Mann genug sein, um sie mit ihrem Leben weitermachen zu lassen. Ein Mann, der eine Frau liebte, würde das tun ... und er liebte Ashby mehr als er jemals geglaubt hatte, einen Menschen lieben zu können.

KAPITEL NEUNZEHN

Am Freitag stand Ashby früh auf, ließ den Laden in Rose' fähigen Händen zurück und fuhr ins benachbarte County, um einige ihrer Lieferanten zu besuchen. Die drei Stopps waren auf zwei Landkreise verteilt, sodass sie während der Fahrt viel Zeit allein hatte. Zeit für Kontemplation und Gebet. Ihr Leben war ein Chaos. Sie brauchte ernsthafte Führung von Oben.

Auf der Party am Tag zuvor hatte sie gemerkt, dass sie den Halt verloren hatte. Sie dachte nicht mehr klar, was Dan anging.

Wie konnte sie gedacht haben, dass er wie Steven war? Wie hatte sie glauben können, Steven überhaupt zu lieben?

Steven hatte kein Herz; Dans Herz war riesig. Sie liebte ihn.

Steven war ein egoistischer Fremdgeher gewesen.

Sie wusste jetzt, dass Dan niemals jemandes Vertrauen so verraten würde. Die Fehler aus ihrer Vergangenheit hatten sie blind gemacht für das, was ihre Freunde und die Kupplerinnen früh erkannt hatten – Dan hatte die Art von Herz, nach der Frauen ihr ganzes Leben lang suchten. Das war es, was die Menschen in Scharen zu ihm zog. Er war warmherzig, vertrauenswürdig, gebend, hartnäckig geduldig und sehr mitfühlend ...

Und hatte Angst.

Angst war die einzige Erklärung, die sie für seine Unsicherheit, was Kinder anging, finden konnte. Er liebte Kinder, und sie liebten ihn. Sie hatte es selbst gesehen. Ihn mit den Kleinkindern zu beobachten, hatte ihr Herz dazu gebracht, all ihre vorgefassten Vorstellungen über Dan fallenzulassen.

Sie wollte Kinder. Falls sie nach ihrer Heirat herausfinden würde, dass es einen medizinischen Grund gab, der bedeutete, dass sie keine Kinder bekommen konnte, würde sie adoptieren. Und sie hatte sich in einen Mann verliebt, der nicht sicher war, ob er Kinder wollte.

Er hatte nicht gesagt, dass er sie liebte, doch sie glaubte, dass er es tat. Was würden sie tun? Konnte er ernsthaft glauben, dass er einem Kind Schaden zufügen könnte? War es das, was er dachte?

Emotional erschöpft und gereizt fuhr sie schließlich nach Hause, einer Lösung für ihr Dilemma nicht näher als am Morgen zuvor. Gott hatte ihr keinen Frieden gegeben. Ihr Kopf und ihr Herz waren immer noch in Aufruhr, als sie die Treppe zu ihrer Wohnung hinaufstapfte. Alles Herumfahren der Welt würde ihr keine Antworten geben. Es war Zeit, mit Dan zu sprechen.

Dan ging in seiner Wohnung auf und ab, als er Ashby auf dem Flur hörte. Er hatte sich den ganzen Abend Sorgen um sie gemacht. Seit dem Grillen hatte er überlegt, wie er ihr sagen konnte, dass er sie nicht länger belästigen würde. Doch ihm war nicht eingefallen, wie er es ihr sagen sollte, ohne dabei zuzugeben, dass er sie liebte. Er konnte ihr nicht in einem Atemzug sagen, dass er sie liebte, und im nächsten, dass er ihr niemals hätte nachjagen sollen.

„Ashby, wo warst du?", fragte er in dem Moment, als er seine Tür aufriss. Erschrocken wirbelte sie zu ihm herum.

„Geschäftlich unterwegs", sagte sie. „Geht's dir gut?"

Nein. Er rammte sich die Hände durch die Haare und rang das Bedürfnis nieder, sie erleichtert in seine Arme zu ziehen, auch wenn er sie schelten wollte, weil sie nicht angerufen hatte. *Doch warum sollte sie das tun?* Er hatte keinen Anspruch auf sie. Sie hatte sich nur um ihr Geschäft gekümmert – und das ging ihn nichts an. Er war hier nicht in seinem Element. Eher wie ein Fisch auf dem Trockenen. Wenn sie nach Einbruch der Dunkelheit unterwegs sein wollte, war das ihr gutes Recht. Sie war eine erwachsene Frau – die er liebte, die ihm wichtig war und um die er sich sorgte ... Er hatte große Probleme.

„Ich bin okay", sagte er. Er holte tief Luft und bemühte sich, seine Frustrationen herunterzuschlucken, dankbar, dass sie in Sicherheit war. „Ich habe mir nur Sorgen um dich gemacht. Ich habe vorhin im Laden vorbeigeschaut, und Rose sagte, du wärst zu einigen Lieferanten gefahren. Sie sagte, du hättest vor, vor Einbruch der Dunkelheit zu Hause zu sein. Es ist seit mehr als zwei Stunden dunkel."

„Ich bin in der Gegend rumgefahren."

Die Erleichterung setzte langsam ein. Jetzt ruhiger erkannte er, dass sie so aufgewühlt aussah, wie er sich fühlte. „Du bist einfach nur rumgefahren?"

Sie nickte. „Ich muss mit dir reden. Kannst du reinkommen?"

„Ich denke, das wäre eine gute Idee. Ich muss auch mit dir reden." Dan fühlte sich so wackelig wie beim Absteigen nach einem Bullenritt, als drei Rodeohelfer nötig gewesen waren, um seine Hand vom Seil zu lösen.

Er wartete neben ihr, als sie den Schlüssel ins Schloss steckte und ihre Tür aufschloss. Sie roch süß wie ein Frühlingsmorgen, was seinen wackeligen Beinen kein bisschen half.

Drinnen ging sie sofort um die Bar herum in die Küche.

Er folgte ihr nicht und entschied sich stattdessen dafür, die Bar als Barriere zu benutzen. Er liebte diese Frau und jetzt, wo er es sich eingestanden hatte, konnte er nicht aufhören, darüber nachzudenken.

„Kaffee?", fragte sie und begann, die Karaffe mit Wasser zu füllen.

„Gerne", sagte er und brauchte den Moment, um sich zu sammeln. Als sie das Pulver in den Filter löffelte, bemerkte er, dass ihre Hand zitterte. „Ashby, du zitterst. Was ist los?"

Sie stellte die Kanne auf die Theke und drehte sich mit nachdenklichem Gesichtsausdruck zu ihm um. „Was glaubst du, warum du keine Kinder willst?"

Das war es also. Sie hatte auch die Bedeutung ihrer Situation erkannt. Er bereitete sich auf das vor, was er tun musste. „Ich bin nicht sicher, ob ich ein guter Vater sein kann. Es frisst mich auf, daran zu denken, irgendwie die Kontrolle zu verlieren und ..."

„Dan, das würdest du niemals tun."

Die Überzeugung in ihrer Stimme ließ eine Welle

von Wärme durch ihn strömen. „Aber es gibt keine Garantie. Ich bin manchmal aufbrausend."

Sie sah ihn überrascht an. „Die meisten Menschen sind manchmal aufbrausend. Doch bei dir habe ich es noch nie gesehen."

„Es braucht viel, um mich aufzuregen, aber es ist da."

Sie kam um die Theke herum und legte ihre Hand auf seinen Arm. „Auch wenn es so ist, weißt du, wie man es kontrolliert. Das hat nichts zu bedeuten."

Es brauchte jedes bisschen Kraft, um nicht seine Arme um sie zu schlingen und seine Vergangenheit zu vergessen. Zu vergessen, dass das Erbe seines Vaters ihn verfolgte. „Ich denke, es wäre am besten, wenn ich aufhören würde, dir nachzujagen. Dann kannst du dich darauf konzentrieren, dich in einen Cowboy zu verlieben, der es wert ist, geheiratet zu werden, so, wie du es mir von Anfang an gesagt hast."

Sie schüttelte den Kopf. „Das kann ich nicht. Ich will nicht länger jemanden suchen, in den ich mich verlieben kann. Dan, ich liebe *dich*."

Wie konnte einem Mann danach sein, vor Freude zu jubeln und gleichzeitig vor Verzweiflung zu stöhnen? Er schloss die Augen und bemühte sich, das zu tun, was für Ashby richtig war. „Das ist keine gute Idee. Ich kann dir nichts versprechen. Mein Herz ist nicht da, wenn es darum geht, dir deine Träume zu erfüllen. Ich hätte mich zurückziehen sollen, sobald du gesagt hast, wie sehr du dir Kinder wünschst ... Du bist eine ganz besondere Frau, Ash." Er berührte kurz ihre Haare und ließ dann seine Hand sinken. „Ich wäre kein guter Mann, wenn ich dir sagen würde, dass ich dich liebe, und dir dann sagen würde, dass ich dir die Babys, nach denen dein Herz verlangt, nicht geben kann."

Er hatte nicht vorgehabt, das alles zu sagen. Sich so zu offenbaren. Doch seine Verteidigung war in ihrer Nähe zu schwach, zumal sie zugegeben hatte, dass sie ihn liebte. Und er es in ihren Augen leuchten sehen konnte.

„Dan, ich bin den ganzen Nachmittag rumgefahren und habe versucht, eine Lösung dafür zu finden. Schließlich ist mir klar geworden, Kinder oder nicht, dass ich den Rest meines Lebens mit dir verbringen will. Wenn du mich haben willst."

Guter Gott, betete er verzweifelt, *hilf mir. Gib mir Kraft.*

Er wich von ihrer Berührung zurück und ging zur Tür. „Ich kann dich nicht bitten oder dir erlauben, das zu tun. Du willst Kinder. Ich dachte, wenn ich die richtige Frau für mich finden würde, würde das alle meine Probleme lösen. Doch es ist nicht passiert. Gott hat mir keinen Frieden gegeben. Ich würde lieber sterben, als meine Kinder zu verletzen. Und ich hätte dich nicht in diese Situation bringen sollen." Er drehte sich um und musste unbedingt raus, bevor er es nicht mehr konnte.

„Du würdest weder dein Kind noch das eines anderen verletzen", sagte sie hinter ihm.

Er blieb an der Tür stehen, blickte jedoch nicht zurück. „Das weißt du nicht."

„Dan, hör auf. Du warst derjenige, der mir gesagt hat, ich solle langsamer machen und dem Herrn vertrauen. Was ist mit dir? Gilt das nicht auch für dich, dem Herrn zu vertrauen?"

Mit klopfendem Herzen umklammerte er den Türknauf fester, als er die Tür aufriss. „Ich habe mich mein ganzes Leben lang mit diesem Thema befasst und darüber gebetet, Ash. Ich kann es nicht aus meinem Kopf bekommen. Wenn Gott mir auch nur ein bisschen Frieden geben würde, was das angeht, könnte ich es vielleicht noch einmal überdenken. Aber im Moment kann ich deine Träume nicht stehlen. Du verdienst einen Mann, der keine gewalttätige Vergangenheit hat. Du verdienst es besser."

„Du hast keine gewalttätige Vergangenheit. Du warst das *Opfer*. Du warst derjenige, der verletzt wurde. Du hast niemanden verletzt."

„Verschwende keine Zeit mehr mit mir, Ash." Er

überquerte den Flur mit drei Schritten.

„Tu das nicht", flehte sie.

Er schloss die Tür zwischen ihnen und betete, dass sie nicht versuchen würde, ihm zu folgen.

Morgen, nachdem er vom Rindertransport am frühen Morgen zurück war, würde er eine andere Bleibe suchen, bis sein Haus wieder aufgebaut war. Auf keinen Fall konnte er länger gegenüber von Ashby wohnen bleiben. Nicht, wenn der schwache Teil von ihm diese Tür eintreten und in ihre wartenden Arme zurückrennen wollte.

Pünktlich um sechs Uhr am nächsten Morgen ging Dan schweren Herzens zu Sam. Er hatte den größten Teil der Nacht damit verbracht, in seiner Wohnung auf und ab zu gehen und zu beten, dass der Herr ihm Klarheit geben möge. Er hatte Ashby gebeten, dem Herrn zu vertrauen, doch sie hatte Recht – er tat es nicht. Für sie brauchte er die eindeutige Gewissheit, dass er alles sein konnte, was sie brauchte. Er war ein Flirter, genau wie sie gesagt hatte. Er hatte seinen Weg durch das Leben gedatet und geflirtet und hatte die Ängste in ihm zum Schweigen bringen können, während er darauf wartete, dass der Herr ihn vom Schmerz befreite. Er hatte geglaubt, die Situation unter Kontrolle zu haben, bis er sich Hals über

Kopf in Ashby verliebt hatte.

Er würde eine starke Tasse Kaffee brauchen, bevor er losfuhr. Vielleicht würde die Entfernung helfen.

Applegate und Stanley stellten ihre Damesteine auf, als er das Diner betrat.

Sam schenkte ihnen Kaffee ein, doch alle drei hielten inne, als Dan eintrat.

„Du siehst heute Morgen nicht sehr gut aus", sagte Applegate. „Stanley, was denkst du?"

„Sieht nicht gut aus", stimmte Stanley zu.

Beide sahen zu, wie er zur Theke ging und sich setzte.

„Sam, ich brauche noch eine große Tasse", verkündete Dan. Sam ging um den Tresen herum, nahm einen Pappbecher vom Stapel und füllte ihn. Dabei spürte Dan, wie App und Stanley seinen Rücken anstarrten.

„Hast du Probleme heute Morgen?"

Dan begegnete Sams klugen Augen. „Ja."

„Frauenprobleme?" Applegate schrie fast.

Dan hörte Stühle über den Holzboden schaben, und im nächsten Moment saßen die beiden alten Männer rechts und links von ihm.

„Hat Ashby dich um den Schlaf gebracht?", fragte Stanley. Sein Hörgerät pfiff, als er am Lautstärkeregler drehte.

Dan fragte sich, was ihn dazu getrieben hatte, zu Sam zu gehen, bevor er sich auf den Weg gemacht hatte.

„Ja. Ich weiß nicht, was ich tun soll", gab er zu und wusste genau, dass er diesem Gespräch nicht so schnell entkommen würde.

Applegate nickte ernst. „Es ist Zeit. Ich habe mich gefragt, wann du aufwachen und den Kaffee riechen würdest", sagte er.

Dan brauchte Hilfe, und der Herr hatte ihm nicht viel Frieden gegeben. „Was meinst du?"

„Wir haben uns gefragt, wann es euch beide erwischen würde. Ihr tanzt jetzt seit einem Jahr umeinander rum. Deshalb habe ich dir beim Grillen gesagt, dass du handeln musst, bevor dir jemand deine Frau vor der Nase wegschnappt."

„Das ist die Wahrheit", sagte Sam. „Also rede. Warum das lange Gesicht?"

Applegate und Stanley drängten sich zusammen. „Nun", seufzte Dan und konnte nicht fassen, dass er sie um Rat fragen würde. „Sie will Kinder, und ich glaube nicht, dass ich eigene haben werde. Ich glaube nicht, dass ich ..." Er unterbrach sich, bevor er ihnen von seiner traurigen Vergangenheit erzählte.

„Sicher kannst du", sagte Sam.

„Es gibt Dinge, die ihr nicht über mich wisst."

„Was? Dass du Angst hast, Kinder zu haben?"

Dan sah Stanley scharf an. „Wie kommst du darauf?"

Applegate beugte sich zu ihm. „Die Frage ist, warum denkst du das? Die Frauen im Frauenhaus reden immer darüber, was für ein guter Vater du einmal sein wirst. Sie sagen, wenn du rausgehst und Brady hilfst, bist du immer geduldig und freundlich zu ihren Babys."

Dan holte tief Luft.

„Weißt du, die Sünden der Väter sind nicht immer die Sünden der Söhne", sagte Applegate.

Dans Herz donnerte und er begegnete Apps wissendem Blick. „Aber die Gefahr besteht." Es war ihm nicht mehr wichtig, dass sie es wussten. Er musste mit jemandem reden. Er hatte geplant, später am Morgen mit Brady zu sprechen, doch vielleicht konnten diese drei ihm helfen.

Sam verschränkte die Arme und starrte ihn an. „Du kannst nicht hier sitzen und uns ernsthaft sagen, dass du Angst hast, Kinder zu haben, weil du denkst, du könntest sie verletzen, wie dein Vater dich verletzt hat."

Dan sah die drei Männer an. „Woher wisst ihr von meinem Vater?"

„Wir mögen alt sein wie die Hügel, aber wir sind nicht blind", sagte Sam.

Applegate brummte. „Wir sitzen seit Jahren in diesem Fenster und spielen Dame. Wir waren hier an dem Tag, an dem der Van vorgefahren ist und die süßen Frauen ausgestiegen sind und aussahen, als wäre Mule Hollow ihre letzte Hoffnung. Und wir haben beobachtet, wie du in diesem Süßwarenladen ein und aus gegangen bist, seit sie geöffnet haben."

Sam und Stanley nickten. Stanley räusperte sich. „Wir sehen dich auch in der Kirche. Du betest für diese Frauen. Wir können es in deinen Augen sehen."

Applegate schlug mit der flachen Hand auf die Theke. „Wir haben eins und eins zusammengezählt. Bis vor einer Sekunde wussten wir nicht, dass unsere Vermutung richtig war. Aber jetzt wissen wir es. Und wenn es etwas gibt, das wir wissen, dann, dass du nicht die Art von Mann bist, die einer Frau Leid in die Augen bringen würde, wie wir es in den Augen der Frauen gesehen haben, als sie nach Mule Hollow gekommen sind."

„Stimmt", schnaubte Sam. „Du bist ein guter Mann, Dan Dawson. Die Art von Mann, die ihre Augen zum Leuchten bringt."

Dans Brust zog sich zusammen. In seinem Herzen glaubte er, ein guter Mann zu sein. Ein gottesfürchtiger Mann. „Warum kann ich mich dann nicht sicher fühlen, dass ich ein guter Vater sein werde?", fragte er leise. Stan und App hörten ihn trotz ihres Hörschadens. Beide Männer streckten die Hand aus und klopften ihm auf die

Schulter. Sam auch.

„Satan bringt einen guten Mann mit jeder Lüge zu Fall, die er ihn glauben machen kann", erklärte Applegate.

„Das gute Buch sagt: Im Wasser spiegelt sich dein Gesicht, und durch die Menschen um dich herum erkennst du dich selbst", murmelte Stanley.

Appelgate nickte zustimmend.

Dan lächelte. Zum ersten Mal seit gestern. Gott hatte ihm vor Jahren ein neues Herz gemacht, als er den Herrn gebeten hatte, zu ihm zu kommen und in ihm zu wohnen. „Du hattest vielleicht einen traurigen Bastard zum Vater hier auf Erden gehabt, mein Sohn, aber du bist jetzt ein Kind des Königs. Und genau das zählt", sagte Stanley.

„Liebst du sie?", fragte Sam.

Dan nickte. „Das tue ich. Von ganzem Herzen. Ich habe es ihr jedoch nicht gesagt. Ich habe ihr gesagt, dass ich sie nicht mehr sehen darf."

„Was sitzt du dann hier bei uns rum?", polterte Applegate. „Warum klopfst du nicht an ihre Tür?"

„Ja", sagte Stanley. „Geh! Geh da rüber und sag ihr, dass du nur verwirrt warst, doch wir haben dir geholfen, klar zu sehen."

„So einfach ist das nicht", sagte Dan, als er aufstand, Geld aus seiner Tasche holte und es auf die

Theke legte. „Danke für den guten Rat. Ich würde es begrüßen, wenn ihr für Ashby beten würdet. Und für mich. Ich habe mein ganzes Leben lang darum gebetet, dass der Herr mein Herz beruhigt, was das angeht. Das ist alles, worum ich bitte."

„Wir werden für euch beten", sagte Sam. „Wir werden beten, dass du zu Sinnen kommst und unser aller Elend beendest. Dan, du hast die Chance, zu heiraten und Kinder zu haben. Kinder, die du erziehen kannst, damit sie den Herrn lieben. Warum in aller Welt willst du das wegwerfen? Der Herr gibt dir seinen Segen."

Dan hatte keine Antwort darauf und ging zur Tür.

Applegate trat vor ihn, seine dünne Brust aufgeplustert. „Es ist fast so, als würdest du dem Herrn ins Auge spucken, wenn du mich fragst."

Dan zögerte und trat dann um App herum. „Danke, Jungs." Er ging hinaus und hielt inne, um über die Straße in Ashbys Laden zu starren. Sie würde erst in ein paar Stunden bei der Arbeit sein. Er fragte sich, wie es ihr ging und ob Applegate Recht hatte – war Ashby sein Wunder und er spuckte in Gottes Auge, indem er nach gläserner Klarheit strebte?

KAPITEL ZWANZIG

Ashby fegte den Bürgersteig vor ihrem Laden und beobachtete jedes Auto und jeden Truck, der auf die Main Street einbog. Sie hatte eine lange Nacht damit verbracht, sich schlaflos hin und her zu wälzen. Und zu beten.

Sie liebte Dan. Wie konnte sie dagegen an? Was, wenn er nicht zur Besinnung kommen würde? Sie war wütend auf ihn. Wie konnte er ihr sagen, dass sie dem Herrn vertrauen sollte, und es selbst nicht tun? Wie konnte er ihr all die schönen Geschichten über seine Mutter erzählen und doch jeden Wunsch und jede Hoffnung für sich zerstören, indem er einer völlig irrationalen Angst nachgab? Dennoch konnte sie ihn nicht deswegen verurteilen. Sie war nicht in seiner Situation gewesen. Ihre Kindheit war im Vergleich zu seiner ein Märchen gewesen. Während sie sich darüber beschwert hatte, was sie anziehen musste und nicht gelernt zu haben, Fahrrad zu fahren, hatte er unter den Händen eines Monsters gelitten ... Sie blinzelte Tränen zurück, als ihre Wut auf seinen Vater aufflammte. Sie holte tief Luft und sprach ein weiteres Gebet für Dan. Und blickte sehnsüchtig die Straße hinunter und wünschte sich, er würde sich materialisieren.

Sie wollte gerade hineingehen, als sie Emmett über die Straße zum Süßwarenladen gehen sah. Als er auf ihrer Höhe war, blieb er stehen.

„Hi, Ashby. Schöner Tag heute."

Sie lächelte. „Ja, ein wirklich schöner Tag. Geht's dir gut?" Aus der Nähe konnte sie Schweißperlen auf seiner Stirn sehen. Es war noch nicht einmal zehn Uhr, und obwohl es im Sommer in Texas selbst zu dieser Stunde heiß war, glaubte Ashby nicht, dass das sein Problem war.

„Dan hat mir gesagt, dass ich mehr mit Stacy sprechen soll, doch ich bin nicht gut in höflichen Gesprächen."

„Gerade jetzt machst du es richtig gut."

Er lächelte verlegen. „Nein, bei Stacy verschlägt es mir ganz die Sprache." Er stieß einen Kieselstein mit seinem Stiefel an. „Ich würde ein Leben lang warten, bis sie mich liebt, wenn ich müsste. Doch Dan sagt mir, dass ich den ersten Schritt machen muss. Dass ich es langsam und locker angehen muss, um ihr Vertrauen aufzubauen."

Ashby konnte sich Dans hübsches Gesicht vorstellen, ganz ernst und sicher, während er Emmett ermutigte. Sie hatte sich in diese Seite an ihm verliebt. Er war ein bemerkenswerter Mann. Überhaupt nicht der Mann, für den sie ihn zunächst gehalten hatte.

„Ich denke, das ist ein guter Rat", sagte sie.

Emmett nickte. „Dan ist ein guter Mann."

Ashby begegnete Emmetts eindringlichem Blick. „Ja, das ist er."

„Also dann gehe ich mal da rein. Hab einen schönen Tag." Er tippte an seinen Hut und ging in den Süßwarenladen. Ashby holte tief Luft und sprach dann ein Gebet für ihn und Stacy. Mit Stacys Vergangenheit konnte es eine Weile dauern, doch Emmett war mit dem Herzen dabei.

Wie ist es mit dir? Bist du mit dem Herzen dabei, Ashby?

Stacy konnte eine glückliche Frau sein. Nur die Zeit würde es zeigen. Um Emmetts willen betete Ashby, dass er Erfolg haben würde.

Ashby liebte Dan. Doch er hatte nicht gesagt, dass er sie liebte. Er hatte ihr nie etwas versprochen. Doch sie wusste plötzlich, dass sie mit dem Herzen dabei war. Ganz und gar. Wie Lacy und die Frauen ihr zuvor gesagt hatten, würde sie Kinder haben, wenn es Gottes Plan war. Wann Gott es für richtig hielt. Ihr Herz schmerzte angesichts der Vorstellung, dass er Kinder nicht in seinem Plan für sie vorgesehen haben könnte. Emmett hatte gesagt, er würde ein Leben lang darauf warten, dass Stacy ihn liebte ... so fühlte sie sich, wenn sie an Dan dachte. Gott hatte ihr endlich eine Antwort durch den schüchternen Cowboy geschickt. Sie würde geduldig darauf warten, dass Dan geheilt wurde. Sie würde ihm zeigen, wie viel er ihr bedeutete. Sie holte tief Luft und vertraute auf den Herrn. Wie Emmett musste sie nur ihre Liebe und ihren Glauben leben und sehen, ob ihre Träume wahr wurden.

Sie warf einen letzten Blick die Straße hinunter und ging in den Laden. Sie hatte zu arbeiten.

Ihr Liebesleben mochte in Trümmern liegen, doch das hielt die Welt nicht davon ab, sich zu drehen. Gott hatte die Kontrolle; Sie würde aufhören, mit ihm darüber zu streiten.

Sie hatte gerade die Tür geöffnet, als sie Vieh muhen hörte und die Straße hinunterblickte. Dans Truck kam auf sie zu. Er zog einen Anhänger voller Rinder, die laut protestierten.

Ihr Herz galoppierte, als Dan mitten auf der Straße anhielt. Er sprang aus dem Truck, fast bevor die Räder aufhörten, sich zu drehen.

„Ich bin ein egoistischer Mann, Ashby Templeton. Und ein unverbesserlicher Flirter. Und ich war in den letzten Wochen so blind wie ein Mann nur sein kann. Gott hat mir ein Wunder geschickt, und ich hätte dich fast abgewiesen."

Ashby erwartete, dass er auf dem Bürgersteig stehenbleiben würde, doch er tat es nicht. Er kam immer näher. Im nächsten Moment zog er sie in die Arme und hob sie hoch.

„Das bin ich, Ashby", sagte er an ihr Ohr. „Ich bin all das. Du hast mir gesagt, dass du mich liebst, und ich wusste nicht, was ich antworten soll. Ich war schon über eine Stunde unterwegs, als etwas, das mir drei sehr weise Männer heute Morgen gesagt haben, endlich zu mir durchgedrungen ist. Ich hatte nicht gedacht, dass ich gut genug für dich bin. Oder dass ich ein guter Vater sein kann."

„Du wirst der beste Vater aller Zeiten sein."

„Ich möchte das mehr als alles andere. Aber wie sie gesagt haben –" Er nickte zum Diner, wo drei süße alte Männer durch die offene Tür spähten. „Ich habe die Verantwortung, dem gerecht zu werden. Ich kann die Vergangenheit auslöschen, indem ich meine Babys in einem Haus mit einem Vater und einer Mutter großziehe, die sie und den Herrn lieben. Die Jungs haben mich daran erinnert, dass Satan ein Meister des

Scheins ist ... und ich habe schließlich erkannt, dass ich ihm erlaubt habe, mich zum Narren zu halten, indem er mich davon abgehalten hat, Gottes Segen zu ergreifen. Du bist mein Segen. Oh, Ash, ich war ein Dummkopf. Sag es bitte nochmal. Bitte sag mir, dass du mich liebst."

Ashby lachte und schlang ihre Arme um seinen Hals. „Ich liebe dich. Und du bist kein Dummkopf. Es hat jedoch keinen Sinn irgendetwas langsamer angehen zu lassen, es sei denn, ich kann das Leben mit dir genießen."

Er hob den Kopf und sah ihr tief in die Augen. „Bist du dir da sicher?"

Sie nickte und wusste in ihrem Herzen, dass keine ihrer früheren Erfahrungen von Bedeutung waren. Dan war ein Mann von Substanz und Spaß, alles in dieses schöne Lächeln verpackt.

„Dann, Darlin'", sagte er gedehnt, als er seinen Kopf zu ihr senkte. „Willst du mich heiraten?"

Sie seufzte gegen seine Lippen. „Ohne zu zögern."

Auf dem Bürgersteig, über den Protest des Viehs, hörte Ashby Jubel.

„War aber auch Zeit!", rief Esther Mae.

Sie drehten sich um und fanden Ashbys Lieblingsdamen, die außerhalb von Heavenly Inspirations standen, und die Mädels aus dem Süßwarenladen sahen ebenfalls zu. Ashby war nach

Mule Hollow gekommen, weil sie dachte, ihre Zeit lief ihr davon. Was sie gefunden hatte, war, dass sie gerade erst anfing.

Sie blickte zu Dan auf. „Ich meine natürlich ja", lachte sie.

„Na, dann ist ja gut", sagte er und küsste sie dann.

Und in seinen Armen wusste Ashby, dass sie ihren Platz gefunden hatte.

Der Ort, an dem all ihre Träume wahr werden würden.

Weitere Bücher von Debra Clopton

Die Holden Brüder – Die Cowboys von Mule Hollow
Das Herz eines Cowboys
„Das Vertrauen eines Cowboys"
Die Wahre Liebe Eines Cowboys

Windswept Bay
Von Diesem Moment An
Irgendwo Mit Dir
Mit Diesem Kuss & Für Immer Und Ewig
Warten Auf Liebe
Mit Diesem Ring
Mit Diesem Versprechen
Mit Diesem Schwur
Mit Diesem Wunsch
Mit dieser Ewigkeit

Die Cowboys von Ransom Creek
Ihr Cowboy-Held (Vorgeschichte)
Braut zu mieten
Cooper
Shane
Vance
Drake
Brice

Die Cowboys von Mule Hollow Serie
Liebe Mich, Cowboy
Tanz Mit Mir, Cowboy
Immer Ärger mit Lacy Brown
… plus Baby macht fünf
Mein Herz gehört dir, Cowboy
Halt mich, Cowboy
Sei mein, Cowboy
Operation: Bis Weihnachten Verheiratet
Verehre Mich, Cowboy
Überrasch Mich, Cowboy
Sing für mich, Cowboy

New Horizon Ranch Serie
Ein Cowboy für Maddie
Ein Cowgirl für Rafe
Ein Cowgirl für Chase
Ein Cowgirl für Ty
Eine Familie für Dalton
Eine Tierärztin für Treb
Maddies geheimes Baby
Ein Cowgirl für Austin

Über die Autorin

Die Bestseller-Autorin Debra Clopton hat bereits über 2,5 Millionen Bücher verkauft. Ihr Buch OPERATION: MARRIED BY CHRISTMAS soll sogar als ABC Familienfilm verfilmt werden. Debra ist bekannt für ihre modernen Westernromanzen, texanischen Cowboys und temperamentvollen Heldinnen. Romantik und eine Prise Humor werden immer miteinander verflochten, um den Leser zum Lächeln zu bringen. Als Texanerin in sechster Generation lebt sie mit ihrem Ehemann auf einer Ranch im Herzen von Texas und freut sich immer über Zuschriften von ihren Lesern.

Besuche Debras Website unter
debraclopton.com/deutsch

Melde dich für ihren Newsletter
www.subscribepage.com/KostenloseTexascowboyrom
antik

Triff sie auf Facebook unter
www.facebook.com/debra.clopton.5

Folge ihr auf Twitter unter @debraclopton

Kontaktiere sie unter debraclopton@ymail.com